EUGÈNE LINTILHAC

Les Félibres

A TRAVERS LEUR MONDE ET LEUR POÉSIE

Choses de vacances, mais de quelles vacances!

PARIS

ALPHONSE LEMERRE, ÉDITEUR

23-31, PASSAGE CHOISEUL

NEW-YORK, 13 WEST, 24th STREET

—

M DCCC XCV

Les Félibres

A TRAVERS LEUR MONDE ET LEUR POÉSIE

DU MÊME AUTEUR

EUGÈNE LINTILHAC

Les Félibres

A TRAVERS LEUR MONDE ET LEUR POÉSIE

Choses de vacances, mais de quelles vacances!

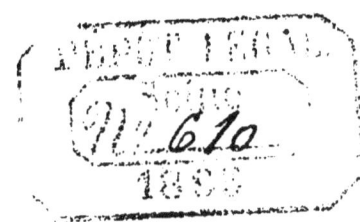

PARIS

ALPHONSE LEMERRE, ÉDITEUR

23-31, PASSAGE CHOISEUL

NEW-YORK, 13 WEST, 24th STREET

M DCCC XCV

A M. GEORGES LEYGUES

Ministre de l'Instruction publique et des Beaux-Arts.

A vous, Monsieur le Ministre et cher confrère en Cigale, que je voyais naguères à la tête de toute une théorie d'écrivains, d'orateurs et d'artistes, promener la République athénienne à travers l'ancienne Gaule grecque, avec la grâce d'un poète et l'éloquence d'un Latin de race, je dédie cette odyssée d'un critique parmi le monde et la politique, la poésie et lou gay saber de nos modernes troubadours.

Je suis sûr que vous reconnaîtrez bien vite, dans les gaietés très ingénues de la première partie, comme dans les graves dissertations de la seconde, une égale bonne foi, avec une gratitude foncière pour ce coin bien français de la vieille terre classique où les hommes et les choses donnent encore de si belles fêtes aux yeux, à l'esprit et au cœur.

E. L.

Paris, 5 novembre 1894.

PREMIÈRE PARTIE

——

FÉLIBRES ET FÉLIBRIGE

PREMIÈRE PARTIE

FÉLIBRES ET FÉLIBRIGE

I

L'ÉNIGME DU FÉLIBRIGE :
LES *FÉLIBRES DE PARIS*, A PARIS.

Les vacances ont été bonnes pour les félibres ;
jamais ils n'avaient si bien réussi à se faire
prendre au sérieux hors de chez eux. Ils sont
apparus aux reporters des deux mondes comme
les véritables chorèges des représentations d'O-
range et de toutes ces fêtes aussi patriotiques
qu'officielles, suivant la pure tradition antique,
dont l'eurythmie a séduit les observateurs les

plus délicats. Mais si ces braves félibres avaient raté leur affaire, quelle levée de boucliers chez les détracteurs ordinaires de leurs *Panathénées!* J'en frémis pour eux et un peu pour moi, car... mais n'anticipons pas. Donc, ils ont réussi, à souhait, et les plaisantins se sont tus, et voici que des gens réfléchis, me croyant docteur en la matière, me posent maintenant, avec insistance, cette double question : *Qu'est-ce, au juste, qu'un félibre? Et surtout qu'est-ce que le félibrige?*

Ah! bonnes gens, vous ne savez pas tout ce que vous me demandez là. Apprenez donc que j'ai employé le plus clair de mes loisirs, pendant tout un lustre, à tourner autour de cette énigme bifide et perfide; et elle m'en a fait faire du chemin!

Ce furent d'abord d'innombrables séances d'initiation à l'entresol du café Voltaire, agrémentées de petits pélerinages à Sceaux, voire au monument du premier en date des félibres de Paris, de ce pauvre troubadour Catelan, qui vint se faire assassiner en plein Bois de Boulogne, en cherchant sa princesse. Puis je dus me lancer dans le tourbillon des *félibrées* au long cours. C'est là qu'il me fallut payer de ma personne et me rompre, comme les camarades, aux impro-

visations sonores et imagées, dans des toasts
bi-quotidiens, et nourrir les chœurs des richesses
de mon ténor... « tonitruant », — c'est bien
votre mot, n'est-ce pas, cher monsieur Adolphe
Brisson? — Je me laissai rouler par les flots émus
du Rhône, des quais de Lyon aux sables de la
tour Saint-Louis, avec d'innombrables escales,
notamment à l'île de la Barthelasse, ce nombril
du monde félibréen. Les sévères Alpes de Provence me virent en wagon, en char à bancs ou à
bicyclette, serpenter sur leurs flancs nus et dans
leurs gorges sèches, du Ventour, repaire des
Charbonniers épiques de Félix Gras, à l'Esterel,
théâtre des exploits du généreux Calendal de
Mistral, en passant par la terrasse crénelée de la
cathédrale camarguaise, où les Saintes Maries
reçurent l'âme douce de Mireille. Je fus même
tenu inopinément sur les fonts baptismaux par
les ombres très félibréennes de Laure et de Pétrarque, ayant fait une glissade nocturne et so-
litaire dans le gouffre glacé de leur fontaine de
Vaucluse. Mais je sais nager, j'ai le gosier bon
et, comme on n'est jamais à court de mots, en
compagnie des félibres, je sortis sain et sauf de
cette deuxième phase d'aventure.

Enfin, et ce fut la troisième et dernière étape,

j'obtins pleine licence d'aller seul, à muche-pot, aux sanctuaires du félibrige, d'en interroger les dieux et les prêtres et d'en recevoir les oracles. C'est ici que la bicyclette s'imposait, vu sa discrétion et la bonhomie de son allure. J'en enfourchai donc une, à l'épreuve de mon poids, et grâce à elle, en dépit des défiances ou des outrances des félibres autochtones, vainqueur du mistral et des aveuglants tourbillons de la poussière provençale, des fièvres et des moustiques sanguinaires de Camargue, je vis, je sus, je crus et ne fus pas abusé.

Voilà pourquoi je me suis laissé traiter de félibre, à bouche que veux-tu, voire même de *félibre de toutes les provinces,* et plaisanter et photographier comme tel, également stoïque sous le lorgnon des *interviewers* et sous l'objectif des instantanés, entre les picoteries des *franchimands* et les soupçons de tiédeur des félibres intransigeants et pratiquants, des félibres *félibréjant,* comme ils s'appellent entre eux. J'ai eu exactement, comme critique, la patience d'Antiochus comme amant de Bérénice : *je me suis tu cinq ans.* Mais je vais parler et résumer, en guise de réponse à ceux que sollicite l'énigme du félibrige, les trois cycles de l'odyssée où m'entraîna une curiosité sœur aînée de la leur.

A la curiosité s'ajoutait d'ailleurs chez moi un sentiment plus fort qu'elle et dont je dois narrer la genèse, car j'ai reconnu qu'il m'était commun avec beaucoup d'autres félibres de Paris, ou soi-disant tels.

Je suis né en un coin reculé du pays d'*oc*, en Aurillac. Le patois aurillacois, cousin germain de celui de Toulouse, m'était resté d'autant plus cher qu'étant interdit au collège et à la ville, il avait été pour moi, comme pour tous mes camarades, l'argot de nos escapades et de nos franches lippées à travers champs. Toute la poésie du beau pays natal, quitté à seize ans pour le lycée parisien, s'était symbolisée spontanément — et aussi, sans doute, par un effet réflexe de mes études du vieux français — dans ce patois sonore, la langue des vacances et des premières libertés de petit homme. Or j'appris qu'il y avait précisément un coin de Paris où de braves gens se réunissaient pour rimer et parler entre eux les dialectes d'*oc*, et qu'ils s'appelaient les *Félibres de Paris*. Le nom me parut bizarre, mais la chose m'attira tout de suite. Ce fut mon excellent ami, le Ruthénois M. Joseph

Fabre, qui, un beau jour, dans les parages de ce même Luxembourg où il légifère aujourd'hui et où nous nous amusions alors à échanger nos patois jumeaux, m'offrit de me donner l'accès du sanctuaire des félibres parisiens. Je le pris au mot et, après les formalités du parrainage et de l'élection bien et dûment accomplies, un mercredi soir, sur le coup de neuf heures, je gravis, non sans un secret émoi, l'escalier du café Voltaire.

La légitimité de ma curiosité et la pureté de mes sentiments seraient-elles du goût du cénacle? Quel accueil ces élégants provençalisants réservaient-ils à mon fruste auvergnat? Je fus vite rassuré. Les félibres de Paris sont gens fort éclectiques : leur chapelle a des autels pour les cultes de chaque petite patrie de la vieille *Occitania;* tous les patois parlés par les quatorze millions de Français de langue d'oc y ont droit de cité, et chacun d'eux, dès qu'il vient heurter à l'huis, y est reçu en famille comme l'enfant prodigue. Limousins et Avignonnais, Toulousains et Marseillais, Auvergnats et Béarnais, Biterrois et Martégaux, etc., y croisent leurs langues et leurs humeurs indigènes, et font vite des unes et des autres une monnaie

commune. C'est le Panthéon des *petites patries,*
une Babel harmonieuse où cinquante idiomes
occitaniens opèrent leur fusion, sans confusion,
le français restant, bien entendu, le fond de la
langue à l'ordinaire.

C'est ce que je pus constater dès le premier
soir. Admis à prendre séance, je reçus à bout
portant une harmonieuse harangue provençale
de M. Frédéric Amouretti, que je fus étonné
et ravi de si bien comprendre. Mais il fallait
répondre. C'est alors que j'avisai dans un coin
les figures, narquoises et amies d'ailleurs, de
Paul Arène et d'Anatole France, l'un ayant
mené l'autre là, sans doute. Grand Dieu! Je me
risque pourtant et commence timidement un
petit hymne à la petite patrie, en vile prose et
dans le plus pur aurillacois, celui que nous
faisons crépiter là-bas, entre vieux camarades,
autour du *domino* de vacances du café Cantuel :
cela me parut porter tout de suite. Je m'échauffe
alors, et sous l'œil scrutateur d'un portrait de
Mistral, sentant le besoin de rehausser l'intrus
dont j'étais l'unique et premier introducteur,
devant ces derniers-nés authentiques des antiques troubadours, je rappelle que mon patois,
malgré son air gueux, avait d'incontestables

titres de noblesse; que cet auvergnat, synonyme de *charabia* pour le reste des Français, fut un des douze grands dialectes de la vieille France; et qu'il avait été là langue du dauphin Robert et du moine de Montaudon, de Pierre Rogier et de Pierre d'Auvergne, mis si haut par Pétrarque dans l'Olympe de jadis. Je me rassis au bruit flatteur d'un ban nourri : j'étais devenu félibre de Paris.

Il me restait à savoir ce que cela voulait dire, au fond. Ainsi j'étais félibre pour une déclaration d'amour à la *petite patrie* et pour un seul salut au cénacle de la place de l'Odéon, débité en mon patois d'enfance de la rue de *La Coste*? Mon Dieu! oui. Dans cette Thélème du félibrige, cela suffit, et même moins, comme je le vis bientôt par d'illustres exemples.

Ainsi ce Florian que les félibres de Paris s'en vont fêter à Sceaux tous les ans, — en quelle pompe! je ne vous ferai pas l'injure de vous le rappeler, — quels étaient ses titres à cet honneur insigne dans l'espèce? Après avoir bien cherché, je ne lui en découvris qu'un, outre celui d'être né sur les bords du Gardon : c'était d'avoir fait chanter à son Estelle une romance provençale chère à nos grand'mères, et que j'ai retrouvée

précisément dans les papiers de Beaumarchais,
avec un air de sa façon pour Marie-Antoinette :

> *Aï! s'avè dins voste vilage*
> *Un jouine e tèndre pastourel...*

ce qui signifie, ou à peu près :

> Ah ! s'il est dans votre village
> Un berger sensible et charmant...

Heureux *Florianet!* Non, il n'en faut pas plus
aux yeux de ces accueillants félibres de Paris
pour devenir un de leurs patrons. Ce que voyant,
je me piquai au jeu et leur révélai un beau jour
qu'ils avaient deux recrues à faire, lesquelles
n'étaient autres que Mme de Sévigné et Racine.
La première, en effet, n'a-t-elle pas écrit à sa
fille, la châtelaine de Grignan : « Comment se
portent les *pichous?* » et encore : « Nous voilà
bien cruellement séparées... *aco fa trembla* »?
Et le second, tout en calomniant les cigales
d'Uzès, n'entretenait-il pas l'abbé Le Vasseur, de
Nîmes la *polide* et de ses *conses* (consuls)? Moitié
riant, mais plutôt sérieux, on fit mine de se ren-
dre à ces arguments, Racine et la Sévigné furent
enfélibrés, séance tenante, et le félibrige de Paris
compta bel et bien deux illustres patrons de plus.

Ainsi, le cénacle du café Voltaire m'apparut
d'abord comme une sorte de bureau de recrutement régional, et une administration de pompes
posthumes pour les précurseurs du félibrige
proprement dit. Je constatai même à la longue
que cette transformation en *félibres de Paris*
des écrivains qui ont bigarré leurs œuvres de
passages en dialectes de ces pays d'outre-Loire
dénommés l'*Occitania* par les chroniqueurs du
temps jadis, était un des passe-temps favoris de
mes aimables compagnons.

Puis j'en connus d'autres moins gais, à savoir le choix et la correction des sujets de con-
cours pour la fête annuelle de Sceaux. On y
suscitait les questions les plus ardues de lin-
guistique et d'archéologie, de mœurs et d'eth-
nographie, avec une intrépidité souvent digne
d'un meilleur sort ; mais, quelle que fût l'in-
suffisance des manuscrits des concurrents, la
question subsistait, comme dit Vaugelas, et
nous gardions le mérite de l'avoir posée. D'ailleurs, nous nous humanisions pour les candi-
dats à nos prix, dans des sujets plus bénins,
tels que poésies provençales, avec ou sans objet
déterminé, traductions en provençal orthodoxe,
voire hérétique, de textes latins ou troubadou-

resques; motifs d'illustration à la plume ou au crayon; thèmes de composition musicale avec ou sans *lulu-panpan*, etc., etc. Regardé de ce biais le félibrige de Paris devenait à mes yeux une fusion piquante de l'Institut et de l'Académie des jeux floraux, la mésalliance joyeuse de Vaugelas et de Clémence Isaure.

Un autre aspect du même félibrige me fut révélé à Sceaux par les harangues présidentielles de MM. Jules Simon, Renan, Zola. Ces trois orateurs, présidents par invitation, à tour de rôle, s'acquittèrent princièrement de l'honneur qu'on leur faisait en orchestrant à ravir ce thème de Michelet que : « la gaieté, c'est la marque et l'effet du génie ».

A ce propos, j'entends encore Renan me glisser à l'oreille d'un air gourmand et dévot à la fois, les mains patiemment croisées sur l'abdomen, tandis que se déroulait bruyamment le palmarès de nos lauréats : « Mon Dieu! qu'il me tarde de voir la *cour d'amour!* Comment est-ce fait? M'en montrerez-vous une? » Et je le revois presque guilleret, clignant ses grands yeux bleus, cheminer à mon bras, sous la feuillée, vers la colonne ruineuse, centre du rond d'herbe que vinrent fleurir, en y pre-

nant séance, de belles dames du Midi et du
Nord aussi, tandis que chantaient et madri-
galisaient poètes et jeunes hommes. Ainsi vu
et compris, surtout en y joignant le banquet
du soir, le félibrige de Paris apparaissait à
Renan — il me le donna à entendre, et je ne
pouvais que partager une si illustre impression
— comme l'héritier universel des *cours d'a-
mour,* des *puys* et *jeux sous l'ormel,* et aussi
comme le succédané du *Caveau,* en un mot
comme le Conservatoire en titre de la gaieté
française.

Était-ce tout? Hélas! non. D'autres présidents de la fête de Sceaux furent amenés à tenir
des propos plus éloignés du *gai savoir,* et je
sentis qu'il se glissait tout au moins un loup
dans la bergerie florianesque. C'est ainsi que la
question du provençal dans l'école et de l'anta-
gonisme officiel des deux langues, fut abordée
par M. Michel Bréal avec une magistrale et délicate gravité. L'accusation imbécile de *sépara-
tisme* fut dénoncée et repoussée par M. Henry
Fouquier, avec une colère aussi généreuse que
spirituelle. Puis je vis nombre de litiges, corol-
laires de ces deux grosses questions, surgir un
à un dans le sein même du félibrige parisien,

amener des divergences éclatantes d'opinion, des émigrations même, motiver tout un échange de notes diplomatiques entre le félibrige odéonien et celui de là-bas. Je compris alors qu'entre un félibre de Paris et un félibre d'entre Rhône et Alpilles la différence est grande, que le mot *félibrige* ressemblait peut-être à ce *pouvoir prochain* dont parle Pascal, lequel ralliait les sentiments de tous, à condition que nul n'en demandât le sens à son voisin. Je résolus donc d'aller étudier le phénomène sur place.

Justement, mes compagnons organisaient une de ces tournées périodiques à la terre natale, qui sont les grandes manœuvres du félibrige. Ils avaient dressé, avec une ingénieuse bienveillance, une liste de poètereaux précurseurs ou de poètes reconnus, sinon très connus, et de grands hommes de pensée ou d'action des divers crus de Provence, qui leur avaient paru mériter des bustes. Ne l'oubliez pas, en effet, le félibrige de Paris est un Panthéon qui aurait pour devise : *Aux grands hommes d'outre-Loire, la petite patrie reconnaissante.* Aussi, grâce à nos cotisations et au ciseau de nos nombreux sculpteurs (vous savez qu'ils sont tous de là-bas ou à peu près), grâce aux subventions mu-

nicipales et ministérielles (la municipalité indi-
gène payant le socle et l'État le bronze, et l'un
portant l'autre), une longue théorie de bustes
suscités et promenés par nous allait jalonner
les bords du Rhône, avec force harangues bi-
lingues à leurs bases. L'occasion n'était-elle
pas excellente pour aller étudier le félibrige
d'après sa densité numérique et son pouvoir
rayonnant, pour voir quelle lumière allait jaillir
publiquement, ou dans les intimités que j'espé-
rais, du choc des félibres dilettantes de Paris
et des félibres *félibréjant* de la terre d'oc? La
fuyante définition du félibre et du félibrige était
peut-être au bout de cette exploration.

Je le crus et m'empressai de me nantir d'un
viatique très spécifique, dont je vous livre la
recette, fort bonne à suivre dans les voyages de
ce genre. Je relus d'abord les chefs-d'œuvre de
la littérature félibréenne ou *félibrenque*. J'étu-
diai, la carte en mains, la copieuse et si vivante
Terre Provençale de M. Paul Mariéton, et les
alertes et savoureuses *Étapes félibréennes* de
MM. Paul Arène et Albert Tournier, auxquelles
il faudra joindre désormais la très documentaire
Petite patrie de M. Sextius Michel, avec son
éloquente et instructive préface par M. Maurice

Faure. J'appris par cœur, dans le *Chansonnier provençal* d'Albert Tournier, les paroles exotériques des chansons du félibrige, et je me laissai confier par des initiés celles qui étaient du genre ésotérique, telles que le *Pape Clément V* et les *Filles d'Avignon*. D'autre part, « un couplet sans musique étant un moulin sans eau », selon le délicieux apophthegme du vieux Carbonel de Marseille :

> *Cobla ses so es en aissi*
> *Co'l moles que aigua non a,*

je me fis seriner les airs des susdites chansons. Enfin, j'armai ma boutonnière d'une cigale de cuivre doré, cette décoration athénienne étant devenue le signe de ralliement des félibres et le *Sésame, ouvre-toi*, de tous les bons endroits de Provence. Après quoi, ainsi nanti et décoré, je me livrai à l'engrenage de la *félibré?*, et partis pour le pays de la gaie science, me répétant à la portière du wagon, dès la banlieue de Lyon, le suave distique du troubadour Pierre Vidal : « Avec l'haleine j'attire à moi l'air que je sens venir de Provence » :

> *Ab l'alen tir ves me l'aire.*
> *Qu'eu sent venir de Proenza.*

II

CIGALIERS ET *FÉLIBRES DE PARIS* EN TOURNÉE :
LES *FÉLIBRÉES* AU LONG COURS.

Une tournée félibréenne n'est pas une mince affaire et il faut la brasser longtemps à l'avance. Aussi, celle qui vient d'évoluer autour d'Orange n'était-elle, tout compte fait, que la quatrième du genre. Elles ne sont pas annuelles : on doit laisser la nature, même méridionale, se reposer. Au reste, les félibres qui savent, aussi bien que Candide, qu'il faut cultiver son jardin, n'ont-ils garde de l'épuiser et y ménagent-ils intelligemment des carrés de jachère.

Voyez plutôt : En 1888, *fêtes dauphinoises et*

vauclusiennes; en 1890, *fêtes gasconnes et franco-espagnoles;* en 1891, *fêtes rhodaniennes et méditerranéennes* (j'en fus); en 1894, *fêtes rhodaniennes ou d'Orange* (j'en viens). Le titre générique de ces *félibrées* est d'ailleurs : *Fêtes cigalières et félibréennes.* Elles sont, en effet, le produit de la coopération et de l'inspiration, de l'*aflat,* suivant l'expression consacrée, de deux sociétés parisiennes : les *Félibres de Paris,* déjà connus du lecteur, et la vieille société des *Cigaliers,* qui ne sera pas longue à leur faire connaître.

La Cigale, c'est le Midi arrivé, tandis que le Félibrige c'est plutôt le Midi qui arrive. Tout Méridional qui est en assez bonne posture dans les lettres, les sciences et les arts, sans oublier la politique, bien entendu, et qui tient *à ne pas perdre l'accent,* — idée mère de la fondation de la Cigale, au dire de son président actuel, Paul Arène, — peut aspirer à l'honneur d'être un des deux cents *cigaliers.* Cela signifie qu'il pourra venir, une fois par mois, chez Brébant, dîner et toaster, chanter et deviser, en pur français à l'ordinaire, coude à coude, au hasard de la table ronde, avec des membres de l'Institut qui ont nom : Benjamin Constant, Bonnat,

Henri de Bornier, Jules Claretie, Falguière, J.-P. Laurens, Marqueste, Paladilhe ; avec des littérateurs et publicistes tels que MM. Jean Aicard, Paul Arène, Oscar Commettant, Alphonse et Ernest Daudet, Ferdinand Fabre, Henry Fouquier, Pierre Laffitte, Armand Silvestre, Émile Zola ; avec des ministres d'hier ou de demain et même d'aujourd'hui, témoin MM. Louis Barthou, Clovis Hugues, Deluns-Montaud, Paul Devès, Joseph Fabre, Maurice Faure, Louis Jourdan, Leydet, Georges Leygues, Peytral, Pourquery de Boisserin, général Riu, Rouvier, etc., etc. ; et avec combien d'autres artistes du pinceau ou du ciseau, de la plume, de la langue ou... du gosier, plus ou moins en route pour la notoriété ou la gloire, la *tomate* ou le million, la Sorbonne et l'Institut, la Chambre et le ministère !

Mais pourquoi désignerais-je nommément aux nasardes des chroniqueurs septentrionaux et aux calomnies de certains commentateurs de *Cabotins*, ces futurs conquérants de Paris, parmi lesquels je connais des héros de l'effort individuel, de véritables Spartiates, dans tous les sens du mot, hélas ! Je m'arrête donc. Je note seulement que plusieurs félibres, tels que Paul Arène,

Sextius Michel, président actuel des *Félibres de Paris*, Maurice Faure, Paul Mariéton, sont, à Paris, à cheval sur les deux sociétés, en même temps que dignitaires du grand félibrige de là-bas, ce qui ferme le circuit, comme vous voyez.

Donc, pour un lancement de *fêtes cigalières et félibréennes*, d'une part le *Félibrige de Paris* élabore un programme et, de l'autre, la *Cigale* prête les noms et même les personnes de ses illustrations, en vue de la diffusion, « le Félibrige, selon un joli mot d'Henry Fouquier, étant du Midi concentré ; la *Cigale*, du Midi répandu ». Après quoi Paul Mariéton, — originaire de Lyon, « la porte d'or et de soie du Midi », si l'on en croit Roumanille, — poète délicat en français, orateur chaud en provençal, très expert archiviste, statisticien et géographe du félibrige, son chancelier en titre, son agile Mercure en fait, va porter là-bas la bonne parole, des municipalités à la presse régionale, non sans prendre langue ici et là auprès des membres titulaires du *Consistoire* félibréen, dits *majoraux*. Alors pleuvent au café Voltaire sur le secrétaire-trésorier M. Ernest Plantier, — un Provençal aussi flegmatique que méthodique, une pièce rare, hein ? — dépêches sur

dépêches, ordres et contre-ordres, signalements
de divisions politiques et de rivalités de clo-
cher à apaiser et concilier, au nom de la *Cause,*
horaire à fixer, etc. Enfin, tout s'arrange, et
M. Mariéton rentre triomphant. Dès lors la
communication est établie; la presse de Paris
l'annonce *Urbi et orbi,* et il n'y a plus qu'à ap-
puyer sur le bouton pour amener les explosions attendues; car c'en est une que chaque
félibrée.

Au fait, voulez-vous savoir combien est
explosive la matière sur laquelle opèrent cigaliers et félibres? Méditez le fait suivant, tout
frais et d'autant plus authentique qu'il est per-
sonnel.

Il y a quelques semaines, au lendemain des
fêtes d'Orange, à la première heure d'une nuit
aussi sereine que chaude, en Avignon, je me
rendais en fiacre à la gare, avec trois joyeux
compagnons : Albert Tournier, le peintre H. Bou-
chor et l'ancien président des étudiants de
Paris, Devise, de Nîmes la *polide.* Nous allions
faire nos adieux personnels à Benjamin Constant qui regagnait Paris et son atelier. Deux
tambourinaires passent : nous leur faisons un
signe et eux aussitôt de *lutu-panpaner* en cadence

derrière notre fiacre que nous mettons au pas. *Ah! bou Diou!* Des cafés et *cafetons*, de ioutes les rues et ruelles adjacentes, par les portes et les fenêtres, se ruent et débouchent sur la vaste avenue, éclairée *a giorno*, des centaines, des milliers d'Avignonnais des deux sexes que la flûte et le tambourin mettent en branle et en liesse, et dont nous haranguons vaguement la tête de colonne du haut de nos sièges. Alors une vaste farandole prend de proche en proche ses plis et replis dans l'épaisseur de la foule qu'elle fait onduler au loin. Nous partîmes six, mais par un prompt renfort nous nous trouvions trois mille en arrivant à la gare.

Sur ces entrefaites, l'œil noir et inquisiteur d'Albert Tournier découvre, derrière la grille d'un restaurant, M. Jules Claretie, en train d'expédier son dessert, en compagnie de son fils. Il se délègue vers ces messieurs, qui s'enchaînent de bonne grâce à notre char. Nous présentons au peuple, toujours du haut du fiacre, l'administrateur de la Comédie-Française. Une ovation nourrie éclate : « Vive la Comédie! Vive l'Académie! Vive Claretie! »

Cependant, par les portes de la gare, la foule qui nous suivait toujours, tambourinaires

en tête, déferle à flots pressés, mais doux. Un
gendarme était là : quelqu'un — je crains bien
que ce n'ait été moi, mais il faisait si chaud ! —
l'appelle et, du beau ton, lui dit que nous sommes
les félibres et le prie de faire faire un vide au
centre du vaste vestibule. Sans en demander da-
vantage, gravement, le représentant de l'ordre
public met ses bottes en mouvement et, de leurs
talons sonores, décrit une ellipse que la foule
respecte, docile. Alors, à un foyer de ladite
ellipse s'installent les tambourinaires, tandis
qu'à l'autre prennent place de jeunes hommes
en pantalons blancs et vestes rouges, le pied à la
danse. Je saisis le moment pour présenter Benjamin Constant à la foule : nouvelle ovation, et
l'Académie des beaux-arts n'a plus rien à envier
à la française. Puis en avant le galoubet et le
tambourin, et la farandole d'honneur se tord
sous les yeux admiratifs des deux héros de la
fête. Comme ils la glissèrent, nos sveltes Provençaux, la molle *Tarasconnaise !* Comme ils la
bondirent la mâle *Barbentanaise !* Et quand,
parmi les vivats toujours nourris et joyeux,
nous quittâmes au seuil de la salle d'attente les
deux triomphateurs, j'entendais Jules Clarétie
répéter à Benjamin Constant, avec de grands

éclats de rire et tous les signes d'une joie folle :
« Ah! c'est étonnant! Mais le plus étonnant,
c'est ce gendarme réquisitionné pour organiser
le désordre, empêchant les voyageurs de prendre
leurs billets! »

Oui, mais quel beau désordre, cher maître!
et quel effet de l'art! Et le lendemain éclatait,
en belle place, dans les colonnes aussi sonores
que bien documentées du *Temps**, cette phrase
télégraphique, pur miroir de la vérité, car j'en
étais l'auteur : « A Avignon, les tambourinaires
et la foule ayant rencontré MM. Benjamin
Constant et Claretie allant à la gare, ont formé
spontanément une colonne immense, compacte,
qui les a escortés jusqu'au train, en farandolant

---

* C'est aussi dans le *Temps* qu'ont paru d'abord ces observations
d'après nature sur les hommes et les choses du félibrige. « Surtout soyez
regardeur d'hommes, » nous écrivait, à ce propos, le spirituel et
expert conseiller qui est le directeur de ce journal : nous y avons visé.

D'ailleurs, dans notre pensée et malgré la gaieté inséparable de
leur objet, cette première série d'études était une préparation, au
fond aussi ardue que nécessaire, à l'observation directe du rarissime
phénomène de renaissance littéraire dont traite notre seconde partie.
Le tout n'est ni plus ni moins qu'un essai loyal de critique expéri-
mentale.

Si — en dépit des *galéjades* inhérentes au genre — cette étude, aussi
sincère que vécue, ne devait pas être prise au sérieux, d'un bout à
l'autre, par les esprits réfléchis, nous regretterions fort d'avoir dé-
pensé tant de peine et de temps à en condenser la ténue et fuyante
matière.

et en criant : « Vivent les félibres ! Vive la Co-
« médie-Française ! » La manifestation a été aussi
enthousiaste que pittoresque. » Et voilà comme
on allume une *félibrée* là-bas. La Provence est
une matière explosive, dont les félibres sont les
détonateurs.

Leur instrument de percussion, — pardon !
mais je file mes métaphores, conformément à
la poétique de mes modèles, — c'est la parole.
Ah ! par exemple, il en faut emporter une belle
provision. On n'a pas idée de cela au Nord, et
je ne sache pas, pour les apprentis conférenciers,
d'exercice d'assouplissement comparable à celui
de rivaliser avec les orateurs de la bande félibréenne.

Le régime moyen de l'entraînement est de
deux toasts par jour, deux *brindes,* comme on
dit là-bas et comme disait Rabelais, soit un par
repas, sans préjudice des bustes prévus, des
plaques commémoratives imprévues et des harangues, des vins d'honneur, des offreurs de
devises, de rameaux d'or et de bouquets qui
vous prennent inopinément à la gorge et qui
appellent des réponses. Et puis, songez-y, les
clichés ne peuvent guère resservir, car vous
voyagez en bande et si vous vous répétez, la

galéjade des camarades du même bateau vous
guette. Mais quand on s'est fait un état d'âme
de balconnier, en usant pour la circonstance
toutes les pudeurs classiques de la parole acadé-
misée, quand on est sûr de ne pas rester court en
s'inspirant, au petit bonheur, du temps, des lieux
et des personnes, quand on possède les thèmes
fondamentaux de ces *brindes,* à savoir la réhabilitation et la maintenance de la langue d'oc, les
titres de noblesse de la race et de la littérature
prevençales, les hymnes au soleil *tant bèu, tant
rous, tant caud,* à la *Côte d'azur,* à la gaieté méridionale, aux mœurs locales et aux costumes
nationaux, taques arlésiennes, pourpoints des
prud'hommes pêcheurs, bonnets provençaux
semblables à des miniatures de casques grecs,
etc., sans oublier les vins ni les mets du cru,
l'aïoli, la bouillabaisse, le cassoulet, etc., etc.,
alors c'est une sensation extraordinaire, une
sorte de sport entraînant et à peine vertigineux
que de verser, du haut des balcons modernes
ou des ruines gallo-romaines, le gros vin de la
parole improvisée à ces foules qui en sont avides
jusqu'à l'ivresse.

Celui qui n'a pas entendu, par exemple, — devant le buste de Castil-Blaze, sur la placette de

Cavaillon, noire d'hommes, avec les fenêtres
tout enguirlandées de minois provençaux, am-
brés ou vermeils, — Clovis Hugues pérorer, en
dialecte contadin, et, avec une verve vraiment
étourdissante, donner l'essor à son génie méta-
phorique, et métamorphoser les ailes de bronze
du feutre provençal qui coiffait crânement son
héros en ailes de Pégase, et s'applaudir, en
idéaliste, que les bustes n'eussent pas de pieds,
celui-là n'a rien entendu. Qui n'a pas vu Mistral
marcher dans sa gloire, avec une sorte de familia-
rité olympienne, parmi les flots de la foule qu'il
dépasse de ses hautes épaules, comme le Musée
de Virgile, pendant que les sœurs de Mireille
murmurent sur son passage, avec une admiration
mutine : « *D'aquéu Mistrau !* » (De ce Mistral!)
celui-là ne sait pas ce que c'est qu'un poète-roi.
Et les improvisations colorées et pleines de sens
et toujours opportunes de Maurice Faure ! Et le
vénérable et infatigable Sextius Michel, doyen
chenu et gracieux des maires de Paris, apportant à ceux du Midi, avec la suavité du gras-
seyement provençal, ses paroles douces comme
le miel de Malemort, abondantes comme les flo-
cons de la neige qui coiffe le Ventour ! Et Paul
Arène qui se réserve pour le dessert, où il ti-

rera, parmi les explosions du saint-Peray, quelques fusées aiguës et fulgurantes! Et Félix Gras, à la fois vibrant et grave, sobre et brillant! Et le noir Albert Tournier au verbe incisif et sonore! Et le blond Mariéton, à la joue et à la parole fleuries! Et tant d'autres titulaires ou volontaires de la bonne parole! Mais demandez leurs succès et leur gloire dans les *félibrées*, aux échos du Rhône et des Alpilles, et aux trente journaux et revues du félibrige, où l'annaliste futur trouvera toute cette lave refroidie.

Pourtant la vérité me presse et je dois faire ici une réserve. A travers toutes ces fêtes d'un éclat *espetaclous* (épithète dont la sonorité expressive et d'ailleurs transparente est aussi chère aux félibres qu'intraduisible), et desquelles je partageais, en fait, autant que personne l'enthousiasme communicatif, *l'estrambord*, j'étais bien obligé de constater que la densité numérique des félibres était loin d'être en rapport avec leur force expansive, avec le dynamisme évident de la *Cause*.

La première raison de ce fait est que les félibres sont par nature un peu trop *buissonniers*, comme le remarquait si joliment naguère,

à Sceaux, M. Anatole France, qui fut lui aussi
de plus d'une de leurs caravanes. Il en ré-
sulte que, surtout vers la fin des *félibrées*, ces
Entrées dans les villes qui étaient jadis la grande
affaire de nos rois en voyage, sont vraiment
trop négligées par les félibres et cigaliers.

Ainsi il est arrivé, — on en frémit encore,
entre soi, place de l'Odéon, — quand les cloches
hurlaient, quand la grêle des pièces d'artifice
sifflait et pleuvait par les airs, quand dans la
ville entière le peuple soulevé montait vers la
gare, et qu'aux joyeux accents des bombardes
municipales le chant de la *Coupe* répondait,
il est arrivé, dis-je, que le félibrige fût représenté en fait, à la descente des wagons, par trois
félibres. Heureusement les voyageurs du train
étaient là, et quelques : *Allons ! allons ! messieurs,
pressons-nous !* criés avec un à-propos génial par
un des trois porte-cigales, suffirent à faire prendre l'innocente colonne des susdits voyageurs
pour autant de félibres moins décorés que la
susdite trinité, étant sans doute de moindres
dignitaires. Et le plus beau de l'affaire (oh ! ce
cher Midi !) c'est que nombre de ces bons voyageurs suivant gaiement l'impulsion donnée em-
boîtèrent le pas. S'ils n'étaient pas félibres, ils

le sont devenus. Et allez donc! Niez après cela
que le félibrige soit une idée-force.

Une autre raison suffisante de la faible densité des félibres avérés dans les fêtes cigalières
et félibréennes, c'est que les frais de déplace-
ment qu'elles exigent ne sont pas à la portée des
bourses souvent modestes de tous ces braves
gens. Mais on m'assura qu'ils seraient en nombre
à la Sainte-Estelle, leur fête annuelle.

Je pris donc patience et, en compagnie des
félibres raréfiés, schématiques, comme *l'ennemi*
dans les grandes manœuvres, mais d'autant
plus actifs, je continuai de passer la revue du
ban et de l'arrière-ban des gloires de *la petite
patrie*.

Il y en avait de tous les calibres et de tous
les temps. Nous mariâmes, dans l'héroïque fra-
ternité du bronze, en pied, en buste ou en plaque,
Championnet, devant qui défilèrent l'armée et la
marine, comme il convenait; et Gérard Tenque,
fondateur de l'ordre des Templiers de Saint-Jean
de Jérusalem, dont nous révélions probablement
l'existence à nombre de pêcheurs Martégaux,
ses compatriotes, — ô Charles Maurras, harmonieux et fougueux enfant des Martigues, par-
donnez-moi comme je leur pardonne! — et le

tambour d'Arcole, que nous n'eûmes besoin
de révéler à personne et qui eut l'hommage
de l'élite de nos harangueurs, le très éloquent
M. Georges Leygues en tête. Puis les armes le
cédaient à la toge, le laurier au lierre : place aux
poètes d'oc! Et voici que se dressent à côté du
buste de Bellaud de la Bellaudière, le cousin et
l'ami de Malherbe, joyeux restaurateur de la
poésie provençale, ceux des du Bartas (ô Boi-
leau!), des Cortète de Prades, des Gélu, des
Désanat, des Rancher, sans compter les commé-
morations plaquées sur les murailles natales des
Pierre Bonnet, des Antoinette de Beaucaire, des
Adolphe Dumas, à qui il sera pardonné d'être
l'auteur du fameux hémistiche tragique :

> Nous, sortons de la vie
> *Comme un vieillard en sort!*

pour avoir révélé Mistral à Lamartine et à la
France. Ainsi le Midi se levait, une fois de plus,
en bronze ou en pierre, des profondeurs du passé.

Et les inoubliables fêtes que toutes ces com-
mémorations suscitaient, de la fontaine de Vaucluse à la maison de Jasmin, en large; et
d'Orange à Arles en long; et du casino de Nice
au Pont du Gard, en travers. Pour nous, la Ta-

rasque opérait sa première sortie, depuis trente
ans, guidée par ses chevaliers en pourpoint de
soie rose, au bruit croissant du cri légendaire
Lagadigadèu! parmi les pétarades de ses pièces
d'artifice et les aspersions de ses jets d'eau, exé-
cutant des vire-voltes sournoises, et de sa queue
monstrueuse fauchant la foule, avec des chutes
qui ailleurs amèneraient inévitablement des
rixes farouches et là ne prêtaient qu'à rire. Ah!
surtout les capiteuses farandoles, tradition dégé-
nérée sans doute des longues théories d'Athènes
à Éleusis, entraînant de leur pas alterné, au bruit
aigu et rythmique du fifre et du tambourin,
dans la nuit parfumée, le long du Rhône où
tremblaient les étoiles d'or, tout un peuple
rieur de jeunes hommes et de belles filles, aux
démarches de déesse, parmi lesquelles régnaient
les *chato* d'

Arles la blonde Grecque aux yeux de Sarrasine,

comme dit, ou à peu près, Paul Mariéton. Et les
harmonieuses et vivantes chansons poussées en
chœur vers le ciel bleu, dans le poudroiement
de la route blanche, impénétrables, du reste,
comme beaucoup d'autres de ces choses, aux
critiques parisiens, alors enthousiasmés en ap-

parence et, depuis, obscurs blasphémateurs sur lesquels le soleil du Midi versait ses torrents de lumière.

O toi, sacré soleil dont je suis revenu, sans me regeler à Paris, moi, comme tels et tels de mes confrères, trop prompts à la palinodie, sois-moi témoin que je ne suis pas semblable à eux, que je ne le serai jamais, même dans les vérités qui me restent à dire sur tes fils, les félibres, qui furent et resteront, je l'espère, mes amis, et sur tous ces arcanes enfin au seuil desquels j'arrivais.

Or c'est juste à ce moment que me fut donnée la plus chaude alarme. Un jour, sur le quai de Tarascon, lieu de bifurcation et de dislocation pour les *félibrées* au long cours, dans une de ces heures de lassitude nerveuse où la boutade ressemble à une confidence, un compagnon plus ou moins félibre, plutôt moins, me déclara : « Bah ! les *versss !* c'est une *galéjade,* je m'en fiche ; c'est le reste qui est sérieux. »

Le reste ? Mais quoi donc ? un soupçon me vint, et je sentis les affres du remords : la joie ressentie dans ces fêtes, la part que j'y avais prise n'étaient-elles pas coupables ? Avais-je donc, sous ce clair soleil, collaboré à quelque œuvre de ténèbres? Vite, il fallait aller observer attentivement une Sainte-Estelle, et même deux, interroger consciencieusement le *capoulié* (chef élu) actuel du félibre, Félix Gras, et enfin et surtout porter mes inquiétudes et mes questions à Mistral lui-même, dans son Olympe de Maillane. Servi à souhait par les circonstances, je pus exécuter cette triple manœuvre, et j'en eus le cœur plus net.

III

LE ROYAUME POÉTIQUE DE SAINTE-ESTELLE :
LE *CAPOULIÉ* FÉLIX GRAS
ET SES SUJETS LES FÉLIBRES *FÉLIBRÉJANT.*

Les banquets annuels placés par les félibres sous le patronage de sainte Estelle et de la mystique étoile aux sept rayons, dont chacun luit, depuis le 21 mai 1854, sur un des fondateurs du félibrige : Aubanel, Brunet, Giéra, Anselme Mathieu, Mistral, Roumanille et Tavan, me plurent beaucoup mais m'apprirent peu. Ils me plurent par le pittoresque ambiant : une tente au bord de la lagune bleue, fouettée par *la marinado,* ou la salle gothique des Templiers d'Avignon, avec le large soleil riant ici sur la moire

des eaux ou posant là des nimbes irisés par les
vitraux des ogives, sur les brunes et bonnes
têtes félibréennes. Ils me plurent aussi parce
que les agapes littéraires m'enchantent en tous
lieux, que j'aime les hommes assemblés, que
l'humanité à table est meilleure et que l'optimisme fleurit spontanément parmi les plats,
autour desquels les poésies et les toasts serpen-
tent à la manière des scolies antiques. Et puis,
l'avouerai-je? au dessert, je trouve tous les
poètes assez bons, soit qu'ils apportent là ins-
tinctivement le dessus de leur panier, soit que
la digestion, agissant à la manière du tabac,
émousse le sens critique et fasse qu'on se con-
tente à demi-prix.

Jugez un peu de ce que doit être cette in-
dulgence, fille d'un bon estomac, quand ces
poètes, des humbles pour la plupart, des ins-
tituteurs, de petits employés, des artisans et
des paysans authentiques, sortis de la foule
obscure où un rayon de poésie les toucha,
viennent traduire des sentiments vraiment personnels ou développer, avec foi, les thèmes féli-
bréens que j'ai dénombrés plus haut. C'est
proprement un charme que de les entendre
s'exprimer avec leurs voix d'abord timides,

puis chaudes, prodiguant à l'oreille les câlineries
de ces diminutifs dont le provençal a le secret et
le privilège, modulant ces diphtongues chan-
tantes dont le prolongement harmonieux est
semblable à celui des dernières vibrations des
corps sonores, et jonglant, dans leurs délicieux
riens, avec cette langue si ductile, si riche et si
sonore, qu'en vérité elle semble couler, rimer
et chanter toute seule.

Mais si les fêtes de la Sainte-Estelle auxquelles
j'assistai, me permirent d'observer et d'entendre
enfin de près une ou deux douzaines de félibres *félibréjant,* elles ne me révélèrent rien sur l'énigme
fondamentale du félibrige, dont le fâcheux du
quai de Tarascon m'avait laissé l'aiguillon derrière la tête.

Même, à vrai dire, et décor à part, une Sainte-
Estelle me parut ressembler au fond, trait pour
trait, à un de ces Dîners celtiques que prési-
dait le bon Renan, place de Rennes, et qu'or-
ganisait l'ami Quellien. J'eus la sensation du
déjà vu. Oui, c'était bien cela ; le poète-cory-
phée Mariéton était le Quellien du *félibrige*
comme le coryphée-poète Quellien avait été le
Mariéton du *pancellisme;* et c'est un beau com-
pliment que je fais ainsi de l'un par l'autre. En

somme, il ne se débitait pas beaucoup plus de poésies et de toasts en provençal, à la Sainte-Estelle,
que je n'en avais entendu en breton, au Dîner
celtique, la langue française restant, ici comme
là, la dominante, surtout dans les *brindes*. Était-
ce une politesse faite ce jour-là aux hôtes d'outre-
Loire, toujours nombreux? Il se peut, mais
c'est un fait.

La plus grande différence à mes yeux entre
la Sainte-Estelle et le Dîner celtique, et celle-là
est notable, fut que l'homélie laïque dont nous
régalait Renan avec l'onction d'un pontife de
l'optimisme, pesamment assis, dans l'attitude légèrement ironique d'un Bouddha très las de
vivre et de juger, était remplacée par une harangue tour à tour vibrante et fine, mâle et enjouée,
claironnée d'un air de bravoure et de défi, par
Mistral debout, portant haut sa tête de mous-
quetaire, fier et fort comme son Calendal, évo-
quant l'idée de quelque Hercule provençal, chas-
seur mystique de la *Chèvre d'or*. Il faut le voir
surtout lever à deux mains le symbolique cratère en pur métal qui lui vint des Catalans, il y a
vingt-sept ans, et, les yeux perdus dans son rêve,
entonner d'une voix grave et cuivrée son chant
sacré de la *Coupo,* cette marseillaise des fé-

libres, dont un noël du vieux Saboly a fourni
la musique large et prenante : « Coupe sainte
et débordante, — verse à pleins bords, — verse
à flots — les enthousiasmes — et l'en-avant
des forts » :

> *Coupo santo*
> *E versanto,*
> *Vuejo à plen bord,*
> *Vueje abord*
> *Lis estrambord*
> *E l'en avans di fort!*

Tel est le refrain auquel tous vont en chœur
là-bas, cependant que de la bouche du maître
s'envolent les strophes célébrant alternative-
ment la poésie des regrets et de la joie de vivre,
frissonnantes de mélancolie ou d'espérance,
toutes pénétrées d'ailleurs d'un sens mystique :
« Verse-nous la poésie pour chanter tout ce qui
vit, car c'est elle l'ambroisie qui transmute
l'homme en Dieu. » A la bonne heure! « D'un
vieux peuple fier et libre nous sommes peut-
être la fin, et, si les félibres tombent, elle tom-
bera notre nation. » Pourquoi? « Verse-nous les
espérances et les rêves de la jeunesse, du passé
la remembrance et la foi dans l'an qui vient. »
Mais au juste. quel rêve? quelle foi?

Je l'aurais su sans doute en assistant à la
séance du Consistoire félibréen qui se tient
après le banquet de la Sainte-Estelle; malheu-
reusement pour mes observations, ce sanhé-
drin siège à huis clos et je me trouvai exactement devant le mur derrière lequel il se passe
quelque chose. Il est vrai qu'un mur méridional
a plus qu'un autre des oreilles et toujours des
langues, et que j'aurais pu sans doute faire
jaser quelqu'un à la sortie sans trop de peine,
car... et même...., mais de pareils procédés me
répugnent. Je voulais voir de mes yeux, entendre de mes oreilles.

Donc, par un beau matin de mars dernier, à
l'entrée du temps clair, à l'*entrada del tems
clar,* comme dit un vieux refrain des troubadours, qui choisissaient justement cette prime
saison pour *aller par les cours* (*l'amour,* s'entend), je débarquais en Avignon et me rendais
tout droit chez M. Félix Gras, *capoulié* du félibrige.

De taille moyenne et d'aspect solide, de ma-
nières graves et distinguées, avec de longs cheveux légèrement argentés et bouclant sur les
épaules, une barbe assyrienne, un beau visage
de teint ambré et d'expression mâle, un nez

légèrement busqué, et, dans les yeux noirs, petits et fixes, une flamme extraordinaire, tel m'apparut l'auteur du *Romancero provençal,* dans son cabinet de juge de paix. Il s'y chauffait à un grand feu, qu'avaient suffi à faire allumer les premières rafales d'un mistral imminent, malgré l'éclatant soleil qui en faisait pâlir la flamme. J'en marquai mon étonnement, en montagnard habitué à ne pas faire du feu pour si peu ; mais aussitôt, avec un courage de bon augure pour la suite et qu'apprécieront les frileux enfants du Midi, le *capoulié* se lève, s'emmitoufle et me mène prendre dans le voisinage son ami, M. Alexis Mouzin.

Ce dernier est un des grands dignitaires, un *majoral* du félibrige, poète bilingue, du reste, et dont l'*Empereur d'Arles,* tragédie en fort bonnes rimes d'oïl, eut l'honneur, dès 1886, Silvain aidant, d'être représenté, aux applaudissements de dix mille spectateurs, sur la scène antique d'Orange et d'en préparer l'accès à *Œdipe roi.* J'allais donc avoir à qui parler.

Notre trio dirige ses pas vers l'île de la Barthelasse, naturellement, ce berceau de la renaissance provençale. Un quart d'heure de marche et nous voilà installés dans un *canié,* c'est-à-dire

au centre d'un demi-cercle de roseaux secs, derrière une véritable muraille végétale de cyprès
et de peupliers s'arc-boutant mutuellement
contre le mistral qui sifflait dans les câbles du
pont suspendu. A nos pieds tournoyaient, bleus
ou nacrés, les flots torrentueux du Rhône, et en
face de nous, en bordure de la rive gauche, Avignon, tout hérissé de clochetons et de campa-
niles, découpait dans l'air bleu les arêtes vives
du palais des papes et la dentelle de ses créneaux gothiques. Sur la table rustique, un vin
clairet, d'extraordinaires et savoureux poissons
du Rhône, et bientôt nos coudes, et en avant
les langues.

Quand je traiterai plus loin de la poésie félibréenne, j'aurai beaucoup à rapporter de ce qui
me fut dit là. J'assistai à une vaste revue des
grands et moindres félibres, passée par le *capoulié* avec une parfaite complaisance. Sur mes
demandes, il fut question du trio patriarcal Roumanille, Mistral et Aubanel, puis des regrettés
Auguste Fourès, « le dernier des Albigeois »,
Félix Lescure, le charbonnier-poète, et aussi
des jeunes, espoir de l'école, Marius André, Auguste Marin, Charles Maurras, Frédéric Amouretti, la délicate félibresse Brémonde, Boissière,

Ch. Boy, Louis Astruc, Félicien Court, Fernand
Hauser, Blavet, Charbonnel, Pascal Cros, Roux-
Servine, etc. Nous nous arrêtâmes devant le
groupe des maîtres, dans la maturité de l'âge et
du talent, tels que l'abbé Joseph Roux, le La
Bruyère du Limousin ; et les paysans-poètes
Langlade, Rieu, dit *Charloun*, et Baptiste Bonnet, l'ancien *gardian* qui a mérité la chaude
amitié d'Alphonse Daudet ; l'ouvrier Albert Arnavielle, si ardent et vibrant, « le saint du félibrige », selon Mistral ; Marius Girard, de Saint-
Remy, le chantre des *Alpiho,* ses voisines, que
j'ai entendu un jour venger Tarascon de Daudet
avec une verve endiablée, etc. Je n'eus garde
d'oublier les journalistes, orateurs et législateurs
du Parnasse félibréen, comme MM. de Tour-
toulon, Bladé, de Berluc-Pérussis, Roque-Fer-
rier, le Père Xavier de Fourvières, le populaire
prédicateur en langue d'oc, Louis-Xavier de
Ricard, dont la dramatique *Catalane* est en train
de décentraliser l'art théâtral, le truculent et
populaire *lo Sinso* (Ch. Senès), Antonin Glaize,
le comte de Toulouse-Lautrec, le marquis de
Villeneuve, le frère Savinian, Paul Bénétrix,
Jean Monné, Delbergé, Joseph Gautier, Folco
de Baroncelli, etc. J'en oublie, et des bons.

Le très aimable et avisé M. Mouzin aidant,
Félix Gras les caractérisa tous, en bloc ou isolé-
ment, au passage, avec un enjouement délié, du
meilleur ton, et aussi avec des nuances de goût
qui me surprirent autant que la modestie dont
il multiplia les preuves à son endroit.

Sur ses propres œuvres, en effet, il était très
sobre de réponses, même sur *Toloza,* d'où l'on
venait de tirer un opéra qui n'attend que le bon
vouloir d'un impresario, et dont j'avais pourtant des nouvelles à lui donner de la part du
librettiste, M. Joseph Gayda. J'obtins seulement
quelques confidences rapides sur le grand œuvre
de l'*Armana prouvençau,* tout un monde dont il
était l'Atlas, depuis que l'Hercule Roumanille
avait succombé, et, aussi, sur le poème en gesta-
tion, qui aura pour sujet des scènes de la Révo-
lution dans le Comtat. J'eus beau me dépenser
pour faire violence à cette extraordinaire modestie, en lui fredonnant la romance de Pierre
d'Aragon et autres de son *Romancero provençal;*
en vain, tout au long de la vaste promenade que
nous fîmes à travers Avignon et sa banlieue, je
m'ingéniai à accrocher aux monuments et aux
coins des rues des citations de ces délicieuses
Papalino où il a fait revivre les gaietés et les

gloires du vieil Avignon, dans cette prose provençale dont jamais conteur français n'égalera la
soyeuse souplesse : le *capoulié* souriait doucement, opinait finement et remerciait d'un mot.

Évidemment il se tenait sur la réserve, et je le
vis bien quand je voulus passer des félibres au
félibrige. En quittant ce galant homme, je savais
en effet à merveille ce qu'était littérairement un
félibre selon la meilleure formule ; j'avais beaucoup appris aussi sur la géographie du royaume
de sainte Estelle et sur son instrument de règne
qui est la prose, tout autant que les rimes d'oc,
mais on m'avait fait comprendre que sur sa politique un seul homme avait qualité pour me
renseigner, Mistral. Le lendemain, dès l'aube,
je partais pour Maillane.

IV

UN JOUR DE PRINTEMPS CHEZ MISTRAL :
LA *CAUSO* ET LE MOT DE L'ÉNIGME.

La délicieuse préface à l'entretien d'un grand
poète, que la route d'Avignon à Maillane! Que
n'ai-je ici le loisir de vous détailler mon voyage
à travers cette plaine de la Durance. tout em-
panachée d'oliviers gris-vert et dont le sol verdoyait déjà sous les bandes de primeurs qui
humaient le soleil, abritées du mistral par leur
rempart de roseaux secs. Sur la route d'un
blanc d'argent, balayée par le vent de la veille
et unie comme une dalle, roulait silencieuse et
rapide la bicyclette.

Ah! la *vaillante compagne!* comme s'écriait

Ulysse en apostrophant la brise qui gonflait sa
voile. Quel poète célébrera dignement, ainsi
que le demandait hier M. Maurice Barrès, ses
mérites esthétiques ? Quel *intellectuel* reconnais-
sant dira combien sa marche favorise l'essor de
la pensée, par quelle secrète action réflexe le jeu
rythmique des pédales rythme l'esprit, en vertu
de quelle loi compensatrice de la pesanteur
l'occupation lourde et le mouvement pendulaire
des muscles inférieurs allègent et subliment la
tête ? Où peut-on être mieux pour rêver et chasser
aux idées que sur une bicyclette volant en
plaine, à fleur de terre ? Je le demande à ceux
de mes confrères qui s'en sont avisés.

Je songeais donc, chemin faisant : je rumi-
nais surtout un trait que m'avait jadis décoché
Mistral, à la dérobée. C'était le long de l'étang
de Berre, tandis que, sous un soleil de feu,
s'avançait toute une théorie de félibres en quête
d'un bateau pour les Martigues et qui, leurs
valises sur l'épaule, faute de voitures ou de por-
teurs, s'essoufflaient (je parle pour moi ; ah !
tout n'est pas rose dans les *félibrées* au long
cours). Or, dans une halte, j'avais demandé à
Mistral : « Où l'avez-vous entendu, cher maître,
ce vieux cantique dans lequel il est dit que la

Vierge, cherchant Jésus, le trouva au Temple *avec les sept félibres de la loi (emé li sèt felibre de la léi)?* — A Maillane, chanté par une vieille femme. — Et le sens primitif de ce mot *félibre* dont vous avez fait la fortune, l'avez-vous déchiffré? — Non, ni moi, ni personne*; mais (ici avait sonné le bon rire qui accompagne ses *galéjades)* qu'importe qu'il n'ait pas de sens? Cela vaut bien mieux. » Et la marche avait repris, tandis que deux tambourinaires, pour nous donner des jambes, *tutu-panpanaient* devant nous la chanson de *Mireille.*

« Cela vaut bien mieux »? Évidemment, le cher maître avait voulu dire que l'authenticité provençale du mot lui suffisait et que, s'il lui était parvenu vide de sens, il n'en serait que mieux rempli par celui que lui, Mistral, s'était chargé d'y mettre, ses disciples aidant. Or je savais enfin une bonne moitié dudit sens et j'allais apprendre l'autre, au courant de cette triomphante journée de printemps provençal.

---

* Signalons pourtant une séduisante étymologie que vient de proposer un très docte romaniste, M. A. Jeanroy, professeur à la Faculté des lettres de Toulouse (voir la *Romania*, t. XXIII p. 463): *félibre* viendrait de l'espagnol *feligrès* (étymologie : *filii Ecclesiæ*), c'est-à-dire *paroissiens;* — paroissiens, soit, très cher collègue, de fameux paroissiens et dont l'église a sa *léi* et surtout ses prophètes, comme vous savez.

J'avais franchi la Durance et ses nappes d'eau
minces et claires ; la montagnette pelée et sauvage où rêva l'immortel don Quichotte de Tarascon fuyait à droite, et j'approchais du pied des
Alpilles, dont la chaîne violette barrait tout l'horizon. Des incidents de la route je rapporterai
seulement qu'aux environs de Graveson, j'avais
dû soutenir un vif dialogue dans le pur goût des
antiques jeux fescennins — au fait, n'étais-je pas
en plein terroir latin ? — avec toute une bande
de *Mireilles* très dégourdies qui distribuaient
de l'engrais aux pieds d'une vigne. La vue de
ma machine et de mon costume *ad hoc* leur avait
fait pousser ce cri gouailleur : « *D'aquesto mas-
carado !* » Oh ! la paille et la poutre ! Le plus
masqué de nous, mesdemoiselles, ce n'était pas
moi. J'étais en culotte courte, il est vrai, mais
vous étiez, vous, en cornettes longues, ce qui
vous mettait devant le nez de fort vilains tuyaux
de poêle au fond desquels étaient enfouies vos
effrontées frimousses, *rapport au soleil, mala-
valisco !* Or retenez ceci, je vous prie, qui a son
prix pour la philosophie des mœurs et de la
vie des mots : je constatai là parfaitement, au
courant de notre entretien mouvementé, qu'au-
cune de ces espiègles filles des champs de

Maillane ne savait plus ce que c'était qu'une
magnanarelle. Faire cette constatation à une
lieue de la demeure de Mistral, ô Mireille! ô la
gloire!

Les « galéjades » de ces demoiselles gaiement
essuyées et galamment rendues, vite en selle,
un temps de pédale, et, au bout d'une longue
avenue de platanes, voici Maillane. Des lavan-
dières m'indiquent la maisonnette du poète,
au bas bout du village. Je sonne à la grille : le
chien mystérieux *Pan-Perdut* aboie furieuse-
ment; Mistral paraît au haut du perron, coiffé
de son grand feutre; sa large main se tend vers
la mienne et le bon géant m'ouvre sa porte. Il
me promène gracieusement à travers sa maison
de poète, tout ornée de souvenirs reconnaissants
et émus qu'il me laisse noter à l'aise : ici, dans
l'angle gauche du vestibule, sur une colonne
antique - - ramassée jadis dans le sol de Maillane, par l'archéologue octogénaire Isidore
Gilles, d'Eyragues, l'Œdipe des énigmatiques
Antiques de Saint-Remy, — un buste de Lamartine, l'introducteur de Frédéric Mistral dans
la gloire; là, contre la paroi du fond, l'affiche
de la première des reprises récentes de *Mireille*
à l'Opéra-Comique; sur une console du salon

le délicieux torse d'une Vénus retrouvée à
Nîmes, dont le poète me déclare gaiement
qu'il est absolument amoureux, etc..., etc...
Puis il me conduit à sa table, où une fiole très
authentique du vieux vin des papes va délier
les langues. D'ailleurs, le maître m'attendait,
il savait l'objet de ma visite, il l'approuvait, et,
avec sa mâle franchise, il abonda en réponses
et en anecdotes.

Voici la physionomie et l'esprit sinon la lettre
de l'entretien auquel se prêta Mistral. Nos
propos discursifs durèrent longtemps, mais leur
intérêt documentaire eût suffi à me les faire
trouver courts, et ceux qui veulent déchiffrer
l'énigme du félibrige, partageront ce sentiment.

« Moi : Croiriez-vous, mon cher poète, qu'à
deux pas de chez vous des cadettes de Mireille
rencontrées daus les champs n'ont pas compris
le mot *magnanarello* ? — Mistral : Parbleu !
les *magnan* (vers à soie) ont fait place à la vigne.
— Mais on ne lit donc pas *Mireille* dans la banlieue d'Avignon ? — Est-ce qu'on lit beaucoup
Musset aux champs, même dans la banlieue de
Paris ? Avez-vous rencontré aux Halles des
maraîchers familiers avec Leconte de Lisle ou

M. de Heredia? Et ceux-ci en sont-ils moins bons poètes? Les *gens des mas* ne lisent guère *Mireille*, soit, mais ils en savent la chanson, et bien d'autres où j'ai condensé ma poésie : la *Coupe*, la *Race latine*, *Jean de Gonfaron*, la *Comtesse*, etc. Ceci fera vivre cela ! Tous les ans, d'ailleurs, il me vient des poètes, et des entrailles du peuple. — Mais rimez-vous la même langue et ces recrues n'apprennent-elles pas un peu la vôtre en se faisant félibres? Tenez, par exemple, sur ma route, je viens d'entendre appeler plusieurs fois vos montagnes les *Alpino* et non les *Alpiho*, en dépit de vos protestations réitérées. — La belle énigme ! Cherchez l'instituteur, pardi ! La carte dit les *Alpines*, l'instituteur enseigne *Alpines*, l'enfant répète *Alpino*, bien heureux quand on ne lui a pas appris à traduire noblement *lis Alpiho* par *la Houpie*, ce qui s'est vu ici. — Alors, il y a deux coupables, la carte et l'instituteur? — La carte d'abord, dont la nomenclature est, pour ces pays-ci, une mascarade perpétrée innocemment par de braves officiers d'outre-Loire. Ainsi vous douteriez-vous que le *Pas des Lanciers* recouvre *Pas de l'ancié* (Pas de l'anxiété)? Que *Peiro qué rajo* (*Pierre qui suinte*) a été traduit par *Pierre qui rage*?

Baus-besso (Roche fourchue), par *Bobèche?* Un
cultivateur qu'on interrogeait sur le nom d'une
ferme qui tirait l'œil du cartographe, ayant ré-
pondu : *Es la mièuno* (c'est la mienne), le cartographe interrogateur l'a cotée gravement :
Ferme d'*Eslamieu?* Tirons l'échelle, n'est-ce
pas? Mais qu'en pensez-vous? — Je pense tris-
tement au dialogue qu'échangerait, en cas de
guerre, un éclaireur normand avec un paysan
d'ici, cherchant à le renseigner. Cependant le
uhlan aurait, sur sa carte de poche, le nom provençal entre crochets, au-dessous du nom français. Voyez plutôt l'atlas de Stieler.

« MISTRAL : Le second coupable, oui, coupable, c'est l'instituteur qui traite le patois en
ennemi quand il devrait voir en lui son meilleur auxiliaire, comme Lakanal l'a en vain
prouvé contre l'abbé Grégoire. Est-ce qu'on ne
sait pas plus vite et mieux une langue si on
peut la contrôler par une autre, surtout alors
qu'elles sont sœurs? Et, à l'école, pour mener
notre petit paysan au français, le provençal
n'est-il pas le plus court chemin? — MOI :
Sans doute, c'est le latin du pauvre, pour ainsi
dire. — Bien! Le mot me plaît; répétez-le là-
haut. Ah! voyez-vous! c'est une mauvaise be-

sogne qu'ils font là. Le dédain de *la langue de famille* conduit à celui *di causeto de l'oustàu (des chosettes de la maison)*: qui a rougi du foyer doute du reste ; et, à semer ainsi la centralisation à outrance, au mépris des mœurs et du *parla di réire (du parler des vieux),* on récolte des *sans-patrie.* — Ainsi pensait en effet Renan : il conseillait d' « empêcher l'homme de *se déplanter* totalement du sol où il naquit ». — C'est cela même : la culture de serre ne vaut rien pour la plante humaine. Je l'ai dit, en prose et en vers, et sur tous les tons. Ainsi ce fameux *sirventés* de la *Comtesse,* l'épée de chevet de ceux qui m'accusent de vouloir nous couper en deux, en *Français du Nord et du Midi,* vous savez? — Oui, oui, je sais le pamphlet dont vous venez de citer le titre, et aussi que la pièce incriminée est un de vos chefs-d'œuvre :

> *Sabe, ièu, uno Coumtesso*
> *Qu'es dòu sang emperiàu...*
> *Elo avié cènt vilo forto,*
> *Elo avié vint port de mar;*
> *L'óulivié davant sa porto*
> *Oumbrejavo, dous et clar...*
>
> *Ah! se me sabien entèndre!*
> *Ah! se me voulien segui!...*

> *Car sa sorre, sa sourrastro,*
> *Pèr eireta de soun bèn,*
> *L'a clavado dins li clastro,*
> *Dins li clastro d'un couvènt*
> *Qu'es barra coume uno mastro*
> *D'un Avènt à l'autre Avènt.*
>
> *Ah! se me sabien entèndre!*
> *Ah! se me voulien segui!*

Je sais, moi, une comtesse qui est de sang impérial...
Elle avait cent villes fortes, elle avait vingt ports de
mer; l'olivier devant sa porte mettait son ombrage doux
et clair. Ah! si l'on savait m'entendre! Ah! si l'on
voulait me suivre!... — Car sa sœur, sa *sorâtre*, pour hé-
riter de son bien, l'a clouée dans le cloître, dans le
cloître d'un couvent, qui est clos comme une huche,
d'un Avent à l'autre Avent. Ah! si l'on savait m'entendre! Ah! si l'on voulait me suivre!

— Mais si l'on voulait vous entendre et si l'on
voulait vous suivre, qu'est-ce qu'on apprendrait
au fond et où irait-on?

MISTRAL : La pièce est une allégorie contre
la centralisation, voilà tout. Elle est de 1866,
et, dès 1861, j'avais déclaré aux Catalans :

> *Li Prouvençau, flamo unanimo,*
> *Sian de la grando Franço, e ni court ni coustié...*

Les Provençaux, flamme unanime, nous sommes de
la grande France, ni en deçà, ni à côté.

« Est-ce assez net, comme profession de foi, puisqu'on m'en demande une? En ai-je changé? Ne l'ai-je pas renouvelée en prose, en 1884, à Paris même, lors de la célébration du quatrième centenaire de l'union de la Provence à la France, en m'écriant : « O France, mère « France! laisse-lui donc, à la Provence, à ton « joli Midi, la langue de miel où elle te dit : *Ma* « *mairé* (ma mère)! » Et je rappelais que Rome, pour s'être montrée tolérante envers le grec, en fut récompensée par le Panthéon que Plutarque éleva à sa gloire. Où je vous mènerais ainsi, demandez-vous? A la décentralisation. — Moi : Laquelle? — Artistique et morale, et même intellectuelle ou scientifique, les grandes Facultés régionales aidant. — Et la décentralisation administrative? — Je la voudrais dans la mesure où l'expansion de l'âme provinciale est entravée par la bureaucratie centripète. — Mais ne craignez-vous pas de déchaîner, par ce *régionalisme* outrancier, trop de forces centrifuges? Quelle sera la loi de la gravitation universelle dans cette France *fédéraliste;* car je crois que tel est le terme dont usent vos jeunes *chevau-légers?*

Mistral : Va pour *fédéraliste,* quoique ces mots obscurcis par de vieilles équivoques me paraissent gros de querelles à venir. En tout cas, la panacée contre la désorientation actuelle des esprits me semble être de les orienter sur le foyer, sur ce toit de la maison dont Ulysse perdu cherchait la fumée à l'horizon ; c'est de remettre dans les cœurs le goût des *causeto de l'oustàu*, l'amour matériel du sol natal, le respect de la langue, des mœurs et des traditions ancestrales, et dans les têtes le sentiment intime du génie de la race. Rouvrez ces sources de sentiment et de pensée, et tout en sera rafraîchi, la littérature et l'art, comme la conception de la vie et la notion du devoir. Et si le feu sacré du grand patriotisme s'éteignait, c'est sur l'autel des petites patries qu'on trouverait à le rallumer. On est d'autant plus Français qu'on est plus provincial, au bon sens du mot. Aussi faut-il crier bien haut, sans fausse honte, avec mon ami Félix Gras :

> *Ame moun vilage mai que toun vilage,*
> *Ame ma Prouvenço mai que ta prouvinço,*
> *Ame la Franço mai que tout!*

J'aime mon village plus que ton village, j'aime ma Provence plus que ta province, j'aime la France plus que tout!

« La loi de gravitation que vous me demandez, la voilà.

Moi : En résumé, faire pyramider la nouvelle France morale sur la même base que la
nouvelle France militaire, et que l'Université
de demain? Le recrutement régional appliqué
aux esprits et aux cœurs? La multiplication
des énergies individuelles par la solidarité intime des énergies locales, pour le plus grand
profit de l'œuvre commune et de la mission
artistique, historique et sociale de la France?
— Mistral : Oui. — Alors que vos jeunes
disciples le redisent et qu'ils le mettent en
clair; car le schisme tout récent du félibrige
de Paris, cette émigration bruyante des *jeune-
France* d'oc, dont le *Temps* vient de se faire le
vaste écho, a ravivé les vieilles calomnies. J'ai
même constaté, et permettez-moi de vous en
avertir, que, malgré toute l'éloquence de vos
déclarations contraires, l'accusation de *sépara-
tisme* trouvait quelque crédit, je dis chez des
gens graves, importants, des directeurs de l'o-
pinion publique. — Je n'en puis mais; je viens
de vous expliquer sans réticences ce que nous
entendons par notre mot de ralliement : la
Causo. La généreuse impatience de ces jeunes
gens ne m'inquiète pas. Au reste, ils ont bon
bec et bonne plume, et ils sauront s'expliquer

là-haut sur l'honnêteté comme sur la légitimité de la *Cause.* Et puis, voyez-vous, il n'y a pas de dégagement de poésie sans bouillonnement de jeunesse. Si vous nous aviez vus, nous autres, de la période héroïque! »

Mistral s'arrête, rêvant à ce passé lointain. Une larme perlait à sa paupière; je le poussai doucement sur la pente de ses souvenirs. « C'était en Avignon, n'est-ce pas? plus de quarante ans en çà? — Oui, d'abord : j'étais dans une pension d'où l'on m'envoyait suivre les cours du collège. Dans cette pension, Roumanille était répétiteur. C'est lui qui m'alluma à son feu secret. Puis cela gagna de proche en proche : au café, aux réunions ouvrières de la *Société de la Foi,* je rencontrai Aubanel et les autres. J'ai fait mes premiers vers à dix-huit ans. Puis nous résolûmes d'aller au peuple :

> Arbre ou peuple, toujours la force vient d'en bas,
> La sève humaine monte et ne redescend pas,

selon le mot de l'auteur des *Ouvriers,* et nous fîmes l'*Almanach provençal.* Savez-vous qu'il en est à sa quarantième année, qu'il tire à dix mille, notre brave *Armana prouvençau,* et qu'il a fait, depuis huit ans, un petit dru et fort, l'*Ar-*

mana marsihès, d'Auguste Marin?... Or çà, que disait-on de nous là-bas, en Arles, et encore à Nîmes? C'était là, dans notre petit rond, la grande affaire. Quant à « la capitale de l'empire du soleil », à Marseille, nous n'osions même pas lever les yeux sur elle. — Vous les avez levés sur Paris, depuis? Vous fîtes *Mireille?* — J'y mis sept ans. — Mais de ce jour vous eûtes partie gagnée, et tous vous datez de là, en somme. — Je vous vois venir : Ah! vous n'allez pas m'appeler encore, vous aussi, l'auteur de *Mireille?* toujours l'auteur de *Mireille!* — Et de *Calendal,* et de *Nerto* et surtout des *Iles d'or* que, pour ma part!... — Si vous voulez. — Et aussi l'auteur du *Dictionnaire provençal-français,* ce véritable *trésor du félibrige.* — A la bonne heure, donc! Cela, c'est mon grand œuvre, mon monument *pèr la glòri dóu terraire* (pour la gloire du terroir) : vingt ans de labeur, à huit ou dix heures par jour. »

Ici la belle tête brune de Mme Mistral se balança doucement, pour témoigner du fait. Le joli geste, et d'une éloquence si spontanée, et qu'il est doux d'en surprendre de pareils, chez les témoins de sa vie!

« Moi : Mais j'y pense, mon cher poète, et

avec bien d'autres, pourquoi ne siégeriez-vous
pas dans cet Institut qui a si solennellement
couronné votre *Trésor du Félibrige,* et où votre
place est marquée, dans la commission du dictionnaire, au moins? En effet, l'académicien
Raynouard, le restaurateur de la littérature
provençale, raconte, vous le savez, qu'il fut
amené à étudier la langue d'oc, justement pour
mieux travailler au dictionnaire de l'Académie.
Et puis vous manquez bien un peu à la gloire
de celle-ci. — MISTRAL: Que me dites-vous là?
Il faudrait solliciter, puis résider, etc... D'ailleurs, si le moment était venu, j'ai des amis là-
haut qui me feraient signe. — Vous comptez
là-dessus? — Selon... *Valisco!* Revenons à la
poésie, tenez. » Et, à demi-voix, il entonna une
de ses premières chansons, une du temps où
l'on rimait en chœur avec les amis de la pléiade
avignonnaise, dans les *Prouvençalo.* Et je songeais que Charles Formentin a peut-être raison
de le vouloir là-bas, toujours, dans un recul qui
lui rend la postérité contemporaine...

C'est ici que *Pan-Perdut,* qui avait d'ailleurs été fort gâté, au courant du déjeuner,
entra en scène, s'étant fait de fête, grognant
fort et tirant despotiquement son maître par un

pan de son habit. Je me récriai : « Mais il
abuse! il va vous déchirer? — Que voulez-
vous? C'est un chien perdu qui m'a adopté dé-
libérément, m'ayant choisi dans le tas. Or,
croiriez-vous qu'un jour où nous allions au ci-
metière, dans lequel il n'était jamais venu, il
prit les devants fort vite, et que nous le retrou-
vâmes qui nous attendait, couché sur la tombe
de ma mère, nous regardant fixement. Voyez
ses yeux... Qui sait? candidat à l'humanité,

Frère à quelque degré qu'ait voulu la nature,

âme d'ancêtre, peut-être. Ah! le culte des
morts! à mon âge et par le temps qui court, on
sent que c'est le solide... Tenez! La plus grande
joie de ma vie fut, à Figueras, aux fêtes cata-
lanes offertes au félibrige, en 1868, quand on
me mena à une grand'messe, les cloches son-
nant à toute volée, et qu'on me dit qu'elle se
célébrait pour l'âme de mon père. C'était une
attention du poète Balaguer. Il savait que le
bon vieillard, qui aimait à raconter ses campa-
gnes, avait été justement de ceux qui prirent la
citadelle de Figueras. — Au fait, n'ai-je pas lu
dans quelque endroit que vous êtes d'origine es-
pagnole? — Bah! mon père était appelé l'*Espa-*

gnol, à cause de son port de tête à la *hidalgo;* nous sommes plus d'un ainsi dans la famille : de là la légende. Tous les Mistral sont originaires du Dauphiné : ils ont leur tombeau, un monument historique, à Valence : Mistral, *ministerialem*... — Alors cette réception des Catalans fut cordiale? — Enthousiaste et *couleur locale!* Jugez-en : à Montserrat, un couvent, aux offices religieux, succédèrent, sur place, des danses, des actrices, l'opéra. En Piémont aussi, quel accueil! Comme elle éclatait la solidarité latine, ici et là! Ah! l'île de la Conférence! Ah! Solferino! — Donc un cabinet, dont la politique serait d'abaisser les Pyrénées et les Alpes, pourrait compter sur vous autres? — En doutez-vous? N'est-ce pas l'au-delà de la Cause, *l'idée latine*, comme nous l'appelons? La *revanche des Albigeois* que nous complotons, la voilà :

> *Aubouro-te, raço latino,*
> *Souto la capo dóu soulèu.*
> *Lou rasin brun boui dins la tino,*
> *Lou vin de Dièu gisclara lèu.*

Redresse-toi, race latine, sous la chape du soleil. Le raisin brun bout dans la cuve, le vin de Dieu jaillira tôt.

Moi : Et c'est bien tout ce qu'il y a dans le *félibrige*, n'est-ce pas, cher maître? Point de malentendu? — Mistral : C'est bien tout, adieu ! *couralamen* (cordialement) ! »

Ainsi finit l'entretien et j'espère que, s'il me lit, Mistral ne s'écriera pas comme Socrate, se cherchant dans un dialogue donné pour authentique par un de ses disciples : « Que de choses ce jeune homme-là me fait dire auxquelles je n'ai jamais songé ! »

Une heure après, je traversais Saint-Remy et montais aux *Antiques*. Qu'ils étaient carrément plantés sur ce plateau désert, les deux énigmatiques monuments romains, l'arc de triomphe et le mausolée, symboles également orgueilleux de force et de deuil, sous lesquels dorment *Glamum*, — au dire d'Isidore Gille, si vieux qu'il doit en savoir quelque chose, — et aussi le trésor de la *Chèvre d'or*, comme on l'a confié à Mistral !

> *Aubouro-te, raço latino...*
> *Di formo puro de ti femo*
> *Li panteon se soun poupla;*
> *A ti triounfle, à ti lagremo*
> *Tóuti li cor an barbela;*
> *Flouris la terro, quand fas flóri;*

De li foulié cadun vèn fòu,
E dins l'esclùssi de ta glóri
Sèmpre lou mounde a pourta dòu.

Redresse-toi, race latine... Des formes pures de tes femmes les panthéons se sont peuplés ; à tes triomphes, à tes larmes tous les cœurs ont palpité ; elle fleurit, la terre, quand tu fleuris ; de tes folies chacun s'affole, et dans l'éclipse de ta gloire toujours le monde a pris le deuil.

Oui, Rome a pris racine là, dans le sang, comme dans le sol. Mais qu'est-ce qui germe dans le sous-sol gréco-latin-ligure de la vieille *Romania?* Que sera le germinal latin? Et je cherchais des yeux, sur la cime du Gaussier, le lion d'Arles que l'imagination de Mistral y a sculpté, et qu'il interroge à l'horizon de Maillane, comme un sphinx familier :

Dins toun saupre vène querre
Lou destin di Prouvençàu :
Parlo, tu que sèntes courre
    Sus toun mourre
L'escabot di nivoulas,
Tu qu'as vist mounta li tourre
E toumba li castelas...

Dans ton savoir je viens quérir la destinée des Provençaux. Parle, toi qui sens courir sur ton mufle le troupeau des nuées, toi qui as vu monter les tours et tomber les châteaux forts.

Cependant, après une rude montée dans la gorge sauvage et aride, j'avais fait halte sur cette crête historique des Alpilles au bout de laquelle campa prudemment Marius, une année entière, face aux barbares, épiant leurs flots qui s'amoncelaient là-bas, en refluant depuis les Pyrénées vaincues. Devant moi, par delà le Rhône, le soleil sombrait dans une mer de brouillards fauves. A droite verdoyait encore au loin la plaine fertile de Durance, toute bruissante de sonnailles et du sifflet des trains, au centre de laquelle rêvait un poète. A gauche, sur la lèvre opposée d'un cratère vaste et profond, chaos de roches nues, planaient les ruines romantiques des Baux, la ville morte, où se voit sur les murs l'étoile aux seize rayons de son fondateur légendaire le mage Balthazar, et que hantait alors, au dire de Mistral, le sûr Péladan. Occultisme et poésie! Légende et histoire! Pâle royaume de féerie et de chevalerie, et forte terre de démocratie! Où finissait le rêve? Où commençait l'action? J'allai y songer parmi les ruines hautaines du *castelas* des hauts et puissants seigneurs des Baux, en face de l'immense Crau, dans le silence ami de la lune discrète, comme dit le patron latin du Virgile de Maillane.

Vraiment, c'étaient de braves gens, ces félibres, confits en gai savoir, chorèges nés des fêtes de l'esprit, mainteneurs quand même de poésie et de race, auxquels je devais de beaux cadres d'imagination à remplir un jour, qui m'avaient fait sentir, sous l'unitarisme administratif, la permanence vivante de l'âme polymorphe de la vieille France, et qui, dans la noblesse morale de leur traditionalisme, en dépit de leur état sporadique, étaient réellement détenteurs d'une des idées-forces du temps présent. Et voilà pourquoi, ces vacances, j'ai prié le groupe autochtone des poètes aurillacois, le savoureux Arsène Vermenouze, maître du chœur, l'abbé Courchinoux, le délicat auteur de la *Pousco d'or (Poussière d'or),* monseigneur Géraud, etc., de m'inscrire parmi les fondateurs de l'*Escólo oubergnato.* Je crois même que j'y ai enrôlé Jean Ajalbert, en tant qu'auteur d'*En Auvergne.*

D'ailleurs, je suis sans remords, car le statut fondamental du félibrige dit : « Le Félibrige est

établi pour rapprocher dans une ardeur commune les hommes dont les œuvres sauvent la
langue des pays d'oc, et les savants et les artistes qui étudient et travaillent dans l'intérêt
ou au regard de ces contrées. » Va pour *l'ardeur
commune* et pour *le regard de ces contrées!*

Mais c'est bien cela, n'est-ce pas, et rien que
cela, le *félibrige intégral,* auquel Albert Arnavielle buvait éloquemment, il y a un mois, en
Avignon ? Point d'équivoque, hein ? le conspira-
teur du quai de Tarascon ! Il reste bien entendu
que si, pour la meilleure santé de la France, son
cœur doit battre un peu plus fort partout, sa
tête reste à Paris ; que dans le fédéralisme intellectuel et moral des provinces, s'il se réalise
jamais, Paris gardera l'hégémonie à l'athénienne ; qu'on peut être poète ailleurs qu'à Paris
certes, mais que pour les austères besognes du
vrai, Paris est le laboratoire central, fournissant
l'outil universel, comme les juges suprêmes de
l'œuvre faite (demandez plutôt à Daudet et à
Zola, et à Mistral lui-même), et enfin que, si
la province est la grand'mère, la France est la
mère.

Au reste, — et pour confesser ici toute ma
pensée de derrière la tête, — en regard des de-

voirs prochains et de la rude tâche parisienne,
le reste, ô l'homme du quai de Tarascon! y compris le *félibrige intégral,* ô mon cher Arnavielle!
me semble choses de vacances, mais de quelles
vacances!

Aussi resté-je l'obligé des félibres et du félibrige, et en connaissance de *Cause,* enfin.

DEUXIÈME PARTIE

LA POÉSIE PROVENÇALE

ET

AUBANEL

DEUXIÈME PARTIE

LA POÉSIE PROVENÇALE

ET

AUBANEL

Il y a déjà beau temps que la poésie félibréenne a trouvé devant le public des prôneurs,
je dis des plus huppés, depuis Lamartine que
l'exquis et agreste parfum de Mireille enivra et
fit *vaticiner* plus que jamais, jusqu'à Armand de
Pontmartin qui s'acquittait, ainsi sans compter,
envers Avignon, sa ville natale. Mais de tous les
patrons de la poésie d'oc le plus clairvoyant et
le plus sage fut Saint-René Taillandier : aussi
est-ce son exemple que je voudrais suivre dans

cette étude, en évitant que l'amitié pour les hommes y fît tort à la vérité sur les œuvres.

Il avait étudié sur place ce mouvement poétique, alors qu'il professait à la Faculté de Montpellier, témoin la si intéressante préface qu'il écrivit, en 1852, pour *li Prouvençalo*, la première Anthologie de la nouvelle école. Il dénomma *Renaissance de la poésie provençale** ce mouvement qui a fait depuis quelque bruit dans le monde, sous le titre énigmatique de *félibrige*, et qui tend à devenir provincial, après avoir été purement provençal. Pourtant, sans contester à sa protégée la légitimité de sa langue et de son inspiration, Saint-René Taillandier se vit peu à peu obligé de faire sur certaines de ses ambitions poétiques et de ses pétulances politiques des réserves graves. Adressées à bon entendeur, elles ont été écoutées avec déférence et propagées avec opportunité, du moins celles qui avaient trait à la politique de l'école; et c'était là l'essentiel. Quant aux avis de ce prudent ami sur la nécessité de se borner, autant en emporta

---

* Paris, Plon, 1881. — Sous ce titre ont été réunis des articles publiés par Saint-René Taillandier, en différents temps, depuis 1859, dans la *Revue des Deux Mondes*, où nous avons fait paraître aussi presque toute l'étude qu'on va lire.

le mistral, bien souvent : mais quel Icare de Provence croira jamais aux conseils d'un Dédale parisien? Combien de chutes d'imprudents rimeurs causera, dans la vallée du Rhône, l'heureux essor de l'auteur de *Mireille?*

Certes, plus d'une des réserves formulées jadis par Saint-René Taillandier, parmi les moins graves d'ailleurs, est encore de saison, mais nous les avons compendicusement énoncées plus haut. Nous voudrions maintenant initier le public à la véritable genèse littéraire de la nouvelle poésie provençale et lui en faire déguster quelques échantillons choisis, pour qu'il puisse, s'il y prend goût, se risquer ensuite parmi tous les crus du terroir d'oc.

I

THÉODORE AUBANEL : L'HOMME

Des trois félibres de la première heure, Roumanille, Aubanel et Mistral, que Saint-René Taillandier signalait, il y a trente-cinq ans, à la curiosité et à la sympathie des lettrés, il en est un dont l'étude directe servira exactement notre dessein : c'est Théodore Aubanel. En effet, l'auteur des *Margarideto,* Roumanille, se voua, dès la seconde heure et presque exclusivement, à la prose de son cher *Armana prouvençau.* Le talent de Mistral est toujours vert et il n'a pas dit son dernier chant. Mais Aubanel, lui, a suivi jusqu'au bout son inspiration poétique et il a terminé sa carrière.

En outre le zèle pieux de ses amis et disciples, d'une part, et, de l'autre, l'apaisement de certaines dissensions intestines, de vieilles *riotles* provinciales encore plus que provençales, que nous ne connaissons que trop mais que nous n'aurons garde de raviver, nous permettent d'envisager à loisir l'homme et l'œuvre. Son meilleur recueil de vers, *Les Filles d'Avignon,* presque introuvable naguère, a pu être réédité enfin*. Un témoin de sa vie, M. Ludovic Legré**, vient de lui consacrer une étude biographique, riche de documents et même d'émotion, qu'on lira avec un intérêt soutenu, en dépit de ces riens captieux, de ces *longueries* inévitables, où s'attarde l'amitié. Un autre de ses amis, M. Paul Arène, a fait, au jour le jour, de sa personne et de ses œuvres, dans plusieurs journaux parisiens, l'objet d'une douzaine d'articles marqués au coin de son atticisme provençal, — car il y en a un de tel et qui est de race.

Enfin sa ville natale lui dressait une statue, il y a quelques semaines, en même temps qu'à

---

* Paris, Albert Savine, 1891.
** *Le poète Théodore Aubanel,* Paris, Lecoffre, 1894.

son maître et initiateur Roumanille, en présence de leur aîné dans la gloire, Frédéric Mistral, que nous avons vu apporter tendrement sur leurs marbres neufs toute une jonchée des plus belles fleurs de sa poétique éloquence et de ses plus chers souvenirs. Il avait d'ailleurs son buste à Sceaux, près de Florian, dans ce jardinet de l'église où les félibres s'en vont tous les ans faire leur pèlerinage du *gai savoir*, très gai, avec force reporters à leurs trousses. On le traduit et on le commente au pays des *minne-singer*. Et pourtant je crains fort qu'il n'y ait lieu de répéter encore, à propos de lui, exactement ce qu'écrivait jadis Sainte-Beuve, après son premier article sur Jasmin : « Il y a toute une moitié de la France qui rirait, si nous avions la prétention de lui apprendre ce que c'est que Jasmin, et qui nous répondrait en nous récitant de ses vers et en nous racontant mille traits de sa vie poétique ; mais il y a une autre moitié de la France, celle du Nord, qui a besoin, de temps en temps, qu'on lui rappelle ce qui n'est pas sorti de son sein, ce qui n'est pas habituellement sous ses yeux et ce qui n'arrive pas directement à ses oreilles. »

Aussi dégagerai-je d'abord, avec quelques

détails, la caractéristique de l'homme et du milieu où il se sentit devenir poète.

Sa vie fut très simple. Elle s'écoula presque tout entière *en Avignon*, — comme on dit là-bas, — où il était né et où il mourut, après y avoir vécu cinquante-sept ans (1829-1886). Deux courts voyages, l'un à Rome, l'autre à Venise ; quelques caravanes poétiques, en compagnie de ses amis les *félibres*, à travers la Provence, mais qui ne l'éloignaient jamais beaucoup de l'une ou de l'autre rive du Rhône ; quelques voyages à Paris, qu'il ne connut guère avant l'âge de trente-cinq ans, mais dont il goûta sur le tard les attraits, au point de s'arranger pour y faire chaque année un séjour de quelques semaines, voilà les seules et assez rares circonstances où il s'écarta d'Avignon et de sa banlieue.

Ses intérêts l'y attachaient d'ailleurs. Les Aubanel, anciens et hauts bourgeois d'Avignon, étaient — et ils le sont encore — imprimeurs de père en fils, voire fondeurs de caractères, *sur hauteur d'Avignon*, avec le titre, très vieux et unique au monde, d'*Imprimeurs de Sa Sainteté*. Trente ans durant, Théodore Aubanel dirigea, amicalement associé à son frère Charles, l'imprimerie paternelle, toujours prospère, d'ailleurs. Elle était d'abord située dans l'ancien palais à créneaux et à poivrières, avec écusson pontifical, d'un cardinal du temps des papes d'Avignon, que le percement de la rue de la République fit démolir en 1865. Incontinent, Aubanel changea le palais pour un autre monument, lequel était un cloître : à Avignon, on n'a que l'embarras du choix en ce genre. Ce cloître était situé en un coin de la place Saint-Pierre, en face de l'église où le maître de chapelle du xviie siècle, Saboly, composait et accompagnait ses *Noëls* patois dont la popularité dure encore chez tous *les gens des mas,* du Ventour aux Saintes-Maries et de Marseille à Nîmes.

L'ancien cloître offrit alors dans son aménagement intérieur des contrastes que nous retrouverons dans la poésie du maître du logis. Notons-les au passage. Dans les vieux bâtiments, le bruit sourd de l'imprimerie; sur le large escalier de pierre, le va-et-vient, le vol des filles d'Avignon ou d'Arles à la coiffure ailée, plieuses ou brocheuses, qui se rangent avec une gravité soudaine sur le passage de « Monsieur Théodore », ou vous montrent d'un doigt espiègle, par la porte grande ouverte de sa chambre, le vieil oncle chanoine *(lou vièi canounge)*, assoupi sur son fauteuil, non loin d'un flacon de Châteauneuf-des-Papes, le nez sur son Catulle, relié en cuir, à tranches rouges : tel Pétrarque quand on le trouva dormant son dernier sommeil sur l'Homère envoyé de Constantinople par Nicolas Siger. Cependant, là-haut, dans son appartement qu'assombrissent des vitraux et l'ombre portée par la haute église, parmi ses bibelots précieux, ses tableaux de vieux maîtres, ses ivoires religieux et ses bronzes effrontés, épaves du culte phallique, ramassées hier dans la poussière païenne de Provence, « Monsieur Théodore », étant de loisir, rime.

Puis, à la vêprée, on passera le pont suspendu, — sur lequel on ne peut fumer tant il est sec, au grand désespoir de Paul Arène qui en appelle aux arches de pierre encore debout du vieux pont de la chanson, — et on gagnera l'île de la Barthelasse. En compagnie de Mistral monté de Maillane, de Roumanille descendu de Saint-Remy, d'Anselme Mathieu nanti de quelques fioles authentiques de vin papal, de Félix Gras, nouvelle et précieuse recrue, du docteur Pamard, du peintre Grivolas et d'autres

bons et fins vivants d'Avignon, et peut-être
d'Alphonse Daudet, échappé de Paris où on
l'appelle Henri de la Barthelasse, et où il récite, dans les salons, des vers de la *Miougrano,*
on envahira quelque « cabaret d'honneur »,
comme disait Théophile, celui de *Madec* ou de
Salragno.

Là, dans un de ces bons « cagnards » que
forment les demi-cercles de roseaux secs, tout
au bord du Rhône tournoyant et bleu, sous
l'ombrage clair des peupliers blancs, derrière
le noir rempart des cyprès qui arquent leurs dos
robustes contre *lou vent terrau,* tandis que plane
là-haut le dôme du Ventour, ce Parnasse des
félibres, s'installera l'Académie avignonnaise.
Et le poète de la *Miougrano,* nu-tête, les narines
palpitant au vent, avec quelques rondelles de
soleil dansant à travers la feuillée sur son crâne
socratique, déclamera quelque hymne sonore
à la beauté et à l'amour. Et les amis donneront
la réplique, et le vin plus ou moins papal cou-
lera, et les joyeux refrains alterneront avec les
copieuses tirades et les bruyantes *galéjades,* jusqu'à l'heure où la lune — « qui, sur les collines
bleues, depuis un moment épie doucement
comme une fiancée craintive » — se lève, entre

le vague fantôme du Ventour et le raide sque-
lette du palais des papes.

Puis, en devisant gaiement, au risque même
de troubler un peu par quelques derniers cou-
plets le premier mais indulgent sommeil des
bons bourgeois de la « capitale des félibres »,
on serpentera en s'égrenant jusqu'à la prochaine, très prochaine *félibrée*, à travers les
ruelles « du gothique Avignon dont les palais et
les tourelles font des dentelles dans les étoiles ».

> *Dóu goutique Avignoun*
> *Palais et tourrihoun*
> *Fan de dentello*
> *Dins lis estello.*

Et demain « Monsieur Théodore » reviendra
frais et dispos à ses presses et à la vaste clientèle
des pieuses *Paillettes d'or*.

Nous savons bien que cet Aubanel n'est pas
tout à fait celui qu'on trouvera dans le livre de
M. Ludovic Legré. Certes, nous n'oublions pas
sa mélancolique tendresse pour Zani, non plus
que la sincérité et l'ardeur de sa foi religieuse ;
nous connaissons ses chants d'amour et ses
sirventès catholiques ; nous n'ignorons ni son
mysticisme, ni ses dévotions à la Vierge, ni ses

processions, pieds nus, sous le capuce du péni-
tent blanc, et nous y viendrons. Mais si nous in-
sistons d'abord sur le poète de la joie de vivre, de
la beauté et de l'amour, à la mode du bon vieux
temps, c'est que cet Aubanel-là disparaît un peu
derrière l'autre, derrière l'amoureux transi et
le poète persécuté, le catholique fervent et le
grave chef de famille, que nous donne M. Ludovic Legré.

A prendre au pied de la lettre, ce livre d'un
« témoin de sa vie », si abondant qu'il soit en
authentiques documents, on risquerait fort de se
méprendre sur l'inspiration réelle d'une bonne
moitié de son œuvre et la meilleure. Aussi bien,
un autre témoin de la vie d'Aubanel, poète
connu, et dont on peut dire que son caractère
jure pour lui, nous écrit à ce propos : « Aubanel,
cette belle âme, était joyeux et non triste. Il a
beaucoup souffert pendant quelques années de
sa jeunesse, avant son mariage, du départ de
Zani ; mais pendant les trente dernières années
de sa vie, il a été l'homme le plus gai, le plus vivant, le plus libre, le plus heureux d'Avignon.
Les malheurs, les trahisons des amis, les cha-
grins, n'ont jamais existé qu'au bout de sa
plume, quand il écrivait à son Ludovic. »

A la bonne heure, et franchement nous nous
en doutions, malgré tout ce que nous savons
d'ailleurs et qui est fort inutile à redire, malgré
l'amertume trop réelle des derniers mois de sa
vie, mais dont il ne faut s'exagérer par une
amitié infiniment respectable d'ailleurs, ni les
effets ni surtout la cause : à bon entendeur
salut! Et puis enfin, dans le cas contraire, son
œuvre serait trop souvent une énigme, tandis
qu'elle offre partout la clarté native du génie
latin.

II

LA GENÈSE LITTÉRAIRE DU FÉLIBRIGE
ET AUBANEL :
« LE MOUVEMENT DE MISTRAL » ET JASMIN.

M. Alphonse Daudet déclarait un jour : « Pris dans le mouvement de Mistral, Aubanel a écrit des vers provençaux, un peu comme il aurait fait des vers latins. Je ne veux pas dire qu'il se livrât à un exercice de rhétorique, mais seulement que chez lui le retour à une langue qu'il ne parlait pas, qu'il dut apprendre, fut un goût délibéré d'artiste, non un élan spontané, instinctif comme chez Mistral. » Cette boutade, et qui fut lancée dans une *interview,* est, au moins, une demi-vérité, n'en déplaise encore à

M. Ludovic Legré, qui la rapporte et proteste énergiquement; et elle va nous mener tout droit au cœur même des origines de la nouvelle poésie provençale.

Sans doute, dans la famille même d'Aubanel, toute bourgeoise qu'elle fût, on usait du patois local, comme on fait encore dans toutes les régions du Midi, pour les relations avec les domestiques, les employés o. les paysans; et nous voulons bien croire que son oncle, le vieux chanoine, *prou galejaire* (assez farceur), se piquait de ne parler que provençal ou latin. Mais nous nous sommes laissé dire, et nous savons aussi par expérience, que la plupart des familles bourgeoises du Midi interdisaient et interdisent encore aux enfants l'emploi du patois, — et tel dut être le cas d'Aubanel. Joignez à cela qu'il fit son éducation, loin du foyer, chez les terribles Frères gris d'Aix, qui certes n'étaient pas tendres au patois. Avec Lakanal et M. Michel Bréal, nous estimons d'ailleurs que ces familles et ces Frères gris avaient et ont tort. L'emploi simultané de deux langues obligeant à la recherche des équivalents pour un même objet, en change l'aspect, en fait faire le tour à l'esprit pour ainsi dire; et c'est une excellente

gymnastique intellectuelle que cette traduction
perpétuelle. Un homme de grand goût et du
Nord, professeur de littérature latine, en haut
lieu, et membre de l'Institut, peu suspect par
conséquent de partialité dans la question, était
aussi de cet avis, et nous disait un jour avoir
souvent constaté la supériorité intellectuelle du
paysan des frontières sur celui de l'intérieur
des terres : « Ce n'est pas étonnant, ajouta-t-il,
ne passent-ils pas leur vie à faire des versions?»
Cet humaniste avait raison : je le répète, en
éducation, les patois, surtout ceux d'oc, sont
le latin du pauvre. Mais on ne s'en avisait guère,
en Avignon, chez les bourgeois d'il y a cinquante ans.

En tout cas, si Aubanel parla le provençal
plus ou moins clandestinement, avant et après
ses études chez les Frères gris, et pour les
besoins de son industrie, il n'usait alors sans
doute que d'un vocabulaire fort restreint. Nous
tenons d'un savant romaniste, M. le docteur
Koschwitz, recteur de l'Université de Greifs-
wald, qu'ayant dressé, aussi exactement que
faire se peut, avec l'aide de ses élèves, une
liste des mots employés couramment par les
paysans français du midi de la Loire, il en

avait chiffré le nombre moyen à trois cents.
Trois cents mots pour les besoins et les besognes, les joies et les douleurs de la vie! Trois
cents mots entre le berceau et la tombe! Ce
n'est pas avec ceux-là, si bien placés qu'ils
fussent, qu'Aubanel eût pu pétrarquiser dans la
Miougrano, et prendre l'essor lyrique des *Filho
d'Avignoun*. Ils n'eussent même pas suffi aux
amours rustiques du *Pan dou pecat*. Il fallait
donc partir à la pipée des mots, à travers les
villages, les saisir au vol sur les lèvres des
gens des mas, ou les faire lever de la poussière des vieux auteurs provençaux, y compris les troubadours, au besoin — depuis Raim-
baut d'Orange et la comtesse de Die, et Raim-
baut de Vaqueiras et Folques de Marseille —
jusqu'aux poètes populaires d'alors, les Bellot,
les Gélu, les Bénédit, les Désanat, les Aubanel
de Nîmes, sans négliger bien entendu le *Dictionnaire provençal-français* d'Honnorat, qui justement venait de paraître (1846-48).

Ainsi fit Aubanel à l'exemple de ses camarades du « mouvement de Mistral » et de Roumanille, notamment, qui en est le promoteur.

Mais après avoir glané les termes nécessaires,
il fallait les épurer, et c'est à quoi s'employè-

rent ardemment les novateurs. On aura une
idée du chaos dialectal au sein duquel bégayait
la nouvelle poésie, par ce passage d'une lettre
inédite de Roumanille, lequel est documentaire
à plaisir : « C'est contre cette tendance déplo-
rable, à savoir : faire du *français provençalisé,*
que je m'insurgeai dès la première heure, à
Tarascon, quand j'étais sur les bancs du collège,
résolu, jeune petit diable, à parler, à écrire, à
nettoyer la langue des jardiniers de Saint-Rémy
et à guerroyer... Camille Reybaud lui-même,
dont j'ai été, deux années (1844-45), l'employé
professeur dans le pensionnat de Nyons, Camille Reybaud, un homme de haute valeur,
intelligence d'élite et, à ses heures, exquis
poète français et provençal, poussait vers le
français systématiquement le dialecte comtadin.
Ah! quelles querelles, mon bon Dieu! avons-
nous eues ensemble à ce sujet, dans nos pro-
menades sur la digue, au bord de l'Aigues...
Ah! quelles discussions acharnées! et quel feu!
et quelles griffades! à nous prendre aux cheveux, brave *Pauloun**! Il ne m'ébranla pas,

---

* M. Paul Mariéton, lequel a bien voulu nous communiquer sa
correspondance avec Roumanille.

mais je ne le convertis point » ; et ce bon Reybaud continua à préférer *pantaloun* à *braio,* à
écrire *acçan* pour *açent;* et la discorde sera
longtemps au camp des néologues sur la question de savoir si l'on doit écrire avec ou sans *r*
les verbes de la première conjugaison, *amar*
(aimer), comme dans Honnorat, ou *ama,* conformément à la prononciation courante.

Enfin le phonétisme l'emporta sur presque
toute la ligne, — heureux Provençaux ! s'écriera
ici M. Louis Havet, — et « l'unité orthogra-
phique » rêvée par Roumanille, dans les notes
des *Prouvençalo,* s'établit. Il y a même mieux :
le docte philologue que nous citions plus haut,
M. Koschwitz, ne vient-il pas de publier, tout
récemment, une *Grammaire historique de la
langue des félibres?* Voilà qui est grave, et qui
pourrait bien marquer la fin de la période héroïque de la nouvelle poésie provençale : gare à
la férule! Après Ronsard, Malherbe.

Mais en ce temps-là quel attrait pour des
poètes que le maniement libre de cet idiome
sonore et rajeuni, matière plastique et brillante
qui allait docilement recevoir leur empreinte
individuelle! Comment se défendre du désir de
faire du *vieux neuf* dans cette noble langue qui

avait eu des malheurs, devant la richesse de ses archives littéraires? Comment résister surtout à la tentation de créer des épithètes et des verbes, devant la flexibilité de ses riches suffixes et en l'absence de tout Malherbe?

Aubanel n'y résista pas plus que ses compagnons et peut-être même moins qu'eux. Quand il écrit, par exemple: *l'ideau tant rava* (l'idéal tant rêvé); *li pibo saludarello* (les peupliers salueurs); *l'aubre cantadis* (l'arbre chanteur); *un ange vouladis* (un ange qui voltige); *la foulo mouvedisso* (la foule mobile), et autres alliances de mots, d'ailleurs heureuses en général, il donne raison à M. Alphonse Daudet. Non! Aubanel ne parlait pas cette langue avant de l'écrire, pour l'excellente raison qu'on ne l'a jamais parlée ni en Avignon ni ailleurs. Mais on l'entend assez aisément à l'aide de la langue vulgaire, et qui voudra mordre y morde! Et au fait on ne parlait ni le dorien composite de Pindare sur l'Agora de Thèbes, ni le latin littéraire d'Ennius aux camps et au forum, ni le *vulgaire illustre* de Dante dans les rues de Mantoue; et *Les Trophées* de M. de Heredia seraient presque aussi peu compris aux Halles que les odes de Ronsard.

En étirant et ployant leur langue, qui est aussi une langue française, selon la remarque de M. Jules Simon, les *félibres* sont donc dans leur droit : reste à trouver un public qui les lise dans leur texte, et non dans leurs traductions. Mais c'est affaire à eux de le recruter par leurs *félibrées*, comme Jasmin y avait à peu près réussi par ses milliers d'infatigables récitations. En attendant, les paysannes entendent peu aux vers et les bourgeoises comprennent de travers, selon le mélancolique aveu de l'auteur des *Iles d'or* :

> *Mai li pageso*
> *Entendon gaire i vers,*
> *E li bourgeso*
> *Comprenon de travers.*

Quant au « mouvement de Mistral », dans lequel Aubanel fut pris, nous avons à cœur de faire cesser, au passage et s'il se peut, une équivoque fâcheuse, fort préjudiciable à la vérité sur la renaissance de toute la poésie d'oc dont celle de la poésie provençale n'est que le plus brillant mais dernier épisode.

L'auteur de *Mireille*, dans ses manifestes et dans tous ses poèmes, depuis ses premières pièces des *Prouvençalo* jusqu'à la préface des *Iles d'or* et aux innombrables articles du *Trésor du félibrige*, a éloquemment, en gros ou par le menu, payé ses dettes envers tous ses devanciers, depuis les troubadours jusqu'à Jasmin. Mais certains de ses admirateurs très imprudents, — mieux vaudrait un sage ennemi, — et qui ont dû maintes fois mettre au supplice sa mâle franchise, ont cru, dans leur ignorante badauderie, ou ont tenté d'accréditer, par le plus faux des calculs, que la nouvelle poésie provençale était, pour employer l'expression ironique d'Aubanel, une sorte de « génération spontanée ».

Rappelons donc qu'un siècle à peine après que la poésie des troubadours s'était embourgeoisée et assoupie dans les académies du *gai-savoir*, Bellaud de la Bellaudière faisait résonner de nouveau les accents joyeux de la muse provençale devant son parent et ami, le grand Malherbe, très attentif. Et que d'échos dès lors! Nous avons compté plus de mille ouvrages en langue d'oc, plus ou moins poétiques, imprimés avant ce siècle. De Goudelin de Toulouse à Jasmin d'Agen, sans oublier du Bartas et les Cortète, les d'Astros, les Saboly, les Favre, et cinquante autres, dont on trouvera le dénombrement et des échantillons dans l'*Histoire littéraire des patois du Midi* par le docteur Noulet, ou dans *les Précurseurs des Félibres* (1800-1855), par M. F. Donnadieu, c'est une farandole ininterrompue de chantres du *gay saber,* en langue d'oc, de moins en moins délicats, sans doute, mais tous *poètes dialectaux,* comme disent les Allemands, et très authentiques.

Aussi bien Aubanel ne manquait-il jamais l'occasion de déclarer que ses amis et lui procédaient de l'école marseillaise de 1840, où brillait notamment ce Pierre Bellot sur lequel Roumanille, le rapprochant des troubadours, disait dans une note de ses *Margarideto,* sa première œuvre (1847) : « Nul que je sache ne peut prétendre à marcher son rival dans cette lice poétique*. »

Enfin, pour le faire court, et au risque de

---

* L'équivoque que nous tâchons de faire cesser ici a été favorisée, il faut bien l'avouer, par cette appellation énigmatique de *félibre,* que M. Mistral fit adopter le 24 mai 1854, date officielle de la fondation du *félibrige,* par ses six compagnons, réunis au castel de Fontségugne, près Châteauneuf de Gadagne (Vaucluse), à savoir : Théodore Aubanel, Eugène Garcin, — remplacé par Jean Brunet, dans les catalogues officiels de la Pléiade provençale, après qu'il eut publié contre elle son suraigu cri d'alarme, intitulé *Français du Nord et du Midi,* — Paul Giéra (en poésie *Glaup),* Anselme Mathieu, Joseph Roumanille, Alphonse Tavan. — Sur l'origine et le sens probable du mot *félibre,* voir ci-dessus p. 49.

nous voir lapider un jour dans quelque coin de
la Crau, par la foule des susdits zélotes, nous
soumettrons aux esprits réfléchis — il en est
parmi les félibres — une remarque très candide et dans le seul intérêt de la vérité critique.
Qu'ils veuillent bien relire la *Françouneto* de
ce Jasmin, vraiment un peu trop oublié dans le
fracas félibréen, notamment les scènes de la
debanado (dévidage du chanvre) et de la lutte
des deux prétendants, Marcel et Pascal, puis
qu'ils les rapprochent de celles du dévidage des
cocons et de la lutte des deux prétendants, Vincent et Ourrias, dans *Mireille;* qu'ils n'en ou-
blient pas non plus les scènes de sorcellerie;
qu'ils s'imprègnent ensuite du pathétique si
émouvant du dénouement de *Maltro l'Innou-
cento,* et ils s'empresseront de proclamer, plus
souvent et comme de juste, une filiation que
M. Mistral ne songe pas à renier, lui qui disait
au pied de la statue du barbier d'Agen : « Je
viens payer la redevance des Provençaux au
grand *trouveur* du Midi. »

Ah certes! on ne rencontrera nulle part dans
Jasmin rien qui approche de l'admirable idylle
du deuxième chant de *Mireille;* et près de la
robuste imagination de Mistral, en regard de sa

virtuosité lyrique, de la richesse, de l'éclat et
de la science de sa langue composite, de tout
son méritoire et noble labeur pour ressusciter
et infuser à ses lecteurs l'âme antique, celle des
aïeux de Provence *(di rèire)*, le Figaro senti-
mental des *Papillotes* semblera bien chétif. Et
cependant nous oserons dire, toutes distances
gardées, que l'auteur de *Mireille* est un Jasmin
qui a lu Virgile. De même Aubanel — relisez
l'*Abuglo, Lous dus frays bessous, La Semmano
d'un fils,* ou encore certain épisode haut en couleur de l'autobiographie poétique des *Papillotes*
— est un Jasmin qui a lu Pétrarque et aussi le
Catulle à reliure rouge du vieil oncle, *lou canounge galejaire.*

Au reste, Mistral, Aubanel et d'autres n'ont
qu'à gagner à ce cousinage éloigné mais authentique avec l'auteur des *Papillotes*, car il
donne une mesure flatteuse d'une bonne part
de leur originalité. Ces rapprochements, très
légitimes, permettront, en outre, aux curieux
du nord de la Loire, de se faire sans fatigue
une opinion motivée sur la légende puérile de
« la génération spontanée » du *félibrige,* lequel
mérite d'ailleurs, sous ces réserves et en consi-
dération de la maîtrise poétique du chantre de

7

Mireille et des *Iles d'or* et du zèle admirable de son *Trésor du félibrige,* d'être appelé « le mouvement de Mistral ».

Il nous reste maintenant, pour tenir la promesse du début de cette étude, à déterminer avec précision quelle place y prit Aubanel, quel emploi il fit, pour traduire ses inspirations ou ses imitations, de l'idiome déchu, qu'à l'école de ses compagnons, il avait appris à manier et dont il rêvait lui aussi la réhabilitation littéraire.

III

L'ŒUVRE D'AUBANEL

Les premières poésies d'Aubanel parues dans les recueils intitulés *les Provençales (li Prouvençalo)*, *les Noëls (li Nouvé)* ou *l'Almanach provençal (l'Armana prouvençau)* toujours vivant, — celles-là mêmes qui eurent jadis les honneurs de la citation, dans la *Revue des Deux Mondes*, à savoir : *les Faucheurs (li Segaire)*, cette chanson des gueux des champs, d'une saveur tout agreste, avec son réalisme si pittoresque et sa mâle gaieté; *le Neuf Thermidor (lou 9 Thermidor)*, sorte de mime satirique, d'un ton ambigu entre l'ingéniosité terrible des contes d'ogre et le farouche élan des

Iambes de Barbier; *les Innocents (lis Innou-
cent),* un Noël en trilogie, fortement imagé et
imaginé, d'un pathétique intense et vraiment
dramatique, — révélaient toute la virtuosité du
jeune poète et le mettaient hors de pair, parmi
la trentaine de rimeurs du recueil des *Provençales* (1852), tout à côté de Mistral et de Roumanille. Mais on n'y trouve pas trace de ce qui
allait être sa véritable inspiration.

Celle-ci lui vint d'abord de l'amour, un
amour ingénu. Vers la vingt-cinquième année,
il s'éprit d'une jeune fille nommée Jenny, avec
laquelle il avait usé timidement des très petites
privautés du *flirt* provençal, sans avoir pris avec
elle « les derniers engagements », comme dit
l'auteur de *Bérénice,* sans lui avoir même déclaré jamais ses sentiments, si bien que la
pauvre fille se fit sœur de charité et qu'il ne
devait plus la revoir. L'absence révéla au jeune
homme toute l'étendue du sentiment qu'il
éprouvait au fond pour cette Jenny, brunette
au teint ambré (*brunetto, palinello*), aperçue un
jour chez des amis, vêtue d'une robe couleur
grenat, en prière, au bord d'un chemin, devant
un oratoire, psalmodiant un vieux cantique :
ainsi Pétrarque avisait Laure le Vendredi Saint

de l'année 1326 dans l'église de Sainte-Claire,
vers la rue de la Masse, en Avignon. Jenny à
la robe couleur de grenade devint la Zani de
la *Grenade entr'ouverte* (*la Mióugrano entre-
duberto*), et Aubanel s'intitula le poète de la
Mióugrano, prenant pour devise comme au bon
vieux temps du *culte des dames* du *domnei* :
Quau canto, soun mau encanto (*Qui chante, son
mal enchante*).

La *Grenade* d'Aubanel — avec ses trois divisions, en livre de l'*Amour*, de l'*Entre-lueur* et
de la *Mort*, rappelant celles du *Canzoniere* de
Pétrarque en *Rimes sur la vie* et *rimes sur la
mort* — fait assez bonne figure près de ce dernier, dont l'influence y est d'ailleurs partout
présente. C'est le livre de la mort qui nous
semble l'emporter en général pour la sincérité
de l'accent et le naturel des sentiments. La
pièce de la *Toussaint* a des traits d'une mélancolie pénétrante sur les misères des pauvres
gens, à travers la Provence dénudée et noyée
par la bise et les pluies d'hiver. L'ironie macabre du *Treizain*, où l'adolescent qui nargue
la mort est emporté par elle, comme treizième
à table; celle surtout des *Bijoux de la Morte*
dont la fiancée du veuf pare ses bras et ses seins

de *jeunelle*, en minaudant devant la glace, après
avoir *curé l'armoire* de la morte couchée là-bas
dans son suaire depuis six mois ; ou celle encore de la *Blouse noire* toute neuve où se pavane,
en riant devant ses camarades jaloux, le pauvre
petit orphelin qui croit que sa mère « blanche
et toujours belle dort », sont de la plus pure
veine de Jasmin. Nous goûtons fort aussi la
farouche âpreté de *Puella (la Pièucello)* à laquelle son père, maudissant les marchandages
du débauché, dit mélancoliquement de coudre
sans repos près de lui, malade, et de ses petites
sœurs affamées, de coudre jusqu'à en mourir
avec eux ; ou encore dans l'*Entre-lueur* le petit
tableau de genre intitulé *les Tireuses de soie,*
d'une grâce espiègle, avec le dernier trait :
« Belles filles, la belle vie ! Cependant que vous
travaillez, pour voir si vous êtes jolies, de temps
en temps vous vous mirez », lequel est bien pris
sur le vif. Fouillez plutôt dans les tiroirs des
petites ouvrières de l'imprimerie Aubanel ou
de toute autre.

Quant au *Livre de l'Amour.* nous ne saurions
l'admirer en bloc. Sans parler de quelques morceaux vraiment faibles comme le conte du *Père*
nourricier à la petite gourde (lou baile à la cou-

courdeto), nous faisons bon marché de plusieurs autres trop vantés parmi la foule de ses disciples, et où l'imitation de Pétrarque et des troubadours refroidit la spontanéité du sentiment.

Ainsi la pièce que certains tiennent pour un des chefs-d'œuvre de la *Miòugrano*, celle où le poète se représente en rêve, roulé de vague en vague au pays d'outre-mer, relevé mourant sur le rivage, dans les bras de sa belle, ne nous paraît qu'une adaptation assez gauche à son cas, — Zani étant sœur de charité à Galatz, — du dénouement du roman de *Jaufré Rudel et de la comtesse de Tripoli*. Et ce modèle lui était bien connu d'ailleurs, puisqu'il lui emprunte des épigraphes et qu'il en avait certainement lu, dans la préface même des *Prouvençalo*, une transposition macabre, délicieuse d'ailleurs, par Henri Heine.

A toutes ces pièces plus ou moins pétrarquisées et *genre troubadour*, conformes à l'antique *saber de drudaria (science de galanterie)*, combien nous préférons celles qu'il a réellement écrites sous la dictée des sentiments et des choses, une, par exemple, qui a pour refrain : « Miroir, miroir, fais-moi la voir, toi qui l'as vue si souvent ! » Le miroir l'invite à se la figurer à sa toilette. « Qu'elle était innocente et qu'elle était heureuse! Laissant tomber, toute craintive, sur ses épaules, au moindre bruit, ses longs cheveux comme un long fichu... » Le poète fait un pieux inventaire de son mobilier, qui ne doit rien à *Rolla*, qu'on ne s'y trompe pas! « Contre un brin de rameau bénit, le livre est sur la cheminée; elle va venir, voyez! car elle l'a laissé ouvert où elle avait commencé. Son petit pas léger, coureur, je l'entends dans la bouffée du vent. Miroir, miroir, fais-moi la voir, etc... »

Et la chambrette de l'absente se peuple de souvenirs émus : « Les jours de fête et de grand'-messe, qu'elle était gentille et qu'elle était bien mise, la pauvre enfant! De mon coin je l'admirais. — Seigneur, pardon! — Je l'admirais, en plein Saint-Pierre, dans le soleil et dans l'encens... Tes longs cheveux qu'a coupés le prêtre, pécaïre! nous avons tant joué avec!... Miroir, miroir, fais-moi la voir, toi qui l'as vue si souvent! »

> *Li jour de fèsto e de grand'messo,*
> *Qu'èro gènto e qu'èro ben messo,*
> *La pauro enfant! De moun cantoun,*
> *L'amirave, — Seignour, perdoun! —*

> *Iéu l'amirave, en plen Sant-Pèire,*
> *Dins lou soulèu e dins l'encèn.*
> *Mirau, mirau, fai-me la vèire,*
> *Tu que l'as visto tant souvènt...*
> *...Ti long péu qu'a coupa lou prèire,*
> *Pécaire ! avèn tant jouga 'nsèn !...*
> *Mirau, mirau, fai-me la vèire,*
> *Tu que l'as visto tant souvènt !*

Mais Aubanel n'avait pas la fidélité poétique d'un Pétrarque, et il ne pouvait passer sa vie, comme tant d'autres avant lui, à commenter la sublime *canzone* de l'amant de Laure à *la Fontaine de Vaucluse*. Nous en trouvons chez M. Ludovic Legré lui-même une preuve piquante. Dans la scène des adieux échangés entre Zani, le poète et ses amis, chacun se recommande à elle dans ses prières et sollicite qu'on pense à lui, au couvent, dans telle ou telle demande du *Pater*. Aubanel dit mélancoliquement « qu'il prend *Adveniat regnum tuum*, le Paradis » : sur quoi « *Et ne nos inducas in tentationem*, fit Martin. — On se mit à rire ». *On se mit à rire !* Que voulez-vous? On est du Midi.

Voyez plutôt dans le *Livre de l'Amour* lui-même. Passe sur son ânon gris un joli tendron, faisant craquer son corset de basin, ses pieds

nus pendant au doux *balin-balant* de l'âne qui
trottine ; aussitôt il n'y a pas de deuil d'amour
qui tienne, et le poète, redevenu *galejaire*, en-
tame avec la belle un dialogue enjoué, quitte à
s'écrier : « O Beauté, comme il faut que tu sois
puissante pour avoir de mon cœur, de ma vie
amoureuse, un tantinet ôté le fiel ! »

> *O Bèuta, coume fau que siegues pouderouso,*
> *Pèr avé, de moun cor, de ma vido amourouso,*
> *Un moumenet gara lou fèu !*

Eh! oui, et la cure sera complète, le mariage
et le bonheur du foyer aidant, et c'est à peine
si le souvenir de Zani traversera quatre fois les
Filles d'Avignon. Le poète n'en peut mais ; il
l'avoue lui-même : la vie universelle, riante et
sereine, l'envahit, et ce n'est pas sur le ton de
la tristesse d'Olympio qu'il s'écrie : « Et pourquoi, si je lève la tête, tant de bonheur encore
me reste-t-il, quand je te vois, ô saint soleil, qui
es si chaud, si roux, si beau ! »

> *E perqué, se lève la testo,*
> *Tant de bonur enca me rèsto,*
> *Quand iéu te vese, o sant soulèu,*
> *Que sies tant caud, tant rous, tant bèu !*

Pourquoi? C'est que Lamartine avait raison,

lorsque devant l'œuvre si saine de Mistral il
s'écriait : « Il y a une vertu dans le soleil! »
Aussi ne nous étonnerons-nous pas quand
nous lirons dans le *Renouveau (Nouvelun)* des
Filles d'Avignon : « La douleur me faisait félibre,
maintenant c'est la joie, »

La doulour me fasié felibre, aro es la joio;

oui, la joie de vivre sous le beau soleil, et aussi
celle de « *s'ensoleiller* aux rayons des beaux
yeux, »

I rai de ti bèus iue laisso-me souleia!

Dès lors la vraie muse du poète, c'est *l'éternel
Féminin,* même corrompu, comme il le confie à
M. Maurice Faure :

Lou femelan superbe emai fugue pourri.

C'est ce *femelan superbe* qui trône dans les
Filles d'Avignon, hymne continu et ardent à la
beauté plastique et à l'amour sensuel, aux seins
jumeaux de la Vénus d'Arles, double source de
l'idéal d'amour et de beauté pour la race latine, et au corsage, au « *boumbet redoun* » de la
fille de *la Rouqueto,* et des *chato* d'Avignon
au teint de rose-thé,

Front crema dóu soulèu et belli palinello;

où le cri de la chair vraiment païen est vaguement tempéré çà et là par les accents d'un mysticisme tout chrétien — et par la peur du diable.

Si vous demandez à quelque félibre quel est le chef-d'œuvre d'Aubanel, d'ordinaire il vous cite et vous récite la *Vénus d'Arles*. La pièce est d'une belle venue, large et correcte, et d'un symbolisme assez éloquent. Le poète s'y adresse à la Vénus trouvée dans les ruines d'Arles :

Tu es belle, ô Vénus d'Arles, à faire devenir fou. Ta tête est fière et douce et tendrement ton cou s'incline. Respirant les baisers et le rire, ta fraîche bouche en fleur, qu'est-ce qu'elle va nous dire?

Siés bello, o Venus d'Arle, à faire veni fòu!
Ta tèsto èi fièro et douço, e tendramen toun còu
Se clino. Respirant li pouloun e lou rire,
Ta fresco bouco en flour de qu'èi que vai nous dire?

Puis, après avoir détaillé les beautés de son idole, il s'écrie dans le transport de sa dévotion :

Venez, peuples, venez à ses beaux seins jumeaux boire le lait de l'amour et de la beauté. Oh! sans la beauté, que serait le monde? Luise tout ce qui est beau, se cache tout ce qui est laid! Fais voir tes bras nus, tes flancs nus. Montre-toi toute nue, ô divine Vénus! La

beauté te vèt mieux que ta robe blanche; laisse tomber
à tes pieds la robe qui à tes hanches s'enroule. Aban-
donne ton ventre aux baisers du soleil.

> ... *Venès, pople, venès teta*
> *A si bèu sen bessoun l'amour e la bèuta.*
> *Oh! sènso la bèuta de-que sarié lou mounde?*
> *Luse tout ço qu'es bèu, tout ço qu'es laid s'escounde!*
> *Fai vèire ti bras nus, toun sen nus, ti flanc nus;*
> *Mostro-te touto nuso, o divino Venus!*
> *La bèuta te vestis miés que ta raubo blanco;*
> *Laisso à ti pèd toumba la raubo qu'à tis anco*
> *S'envertouio, mudant tout ço qu'as de plus bèu:*
> *Abandouno toun vèntro i poutoun dóu souléu!*

Et l'hymne s'achève dans cette action de
grâces du Provençal :

O douce Vénus d'Arles! ô fée de jeunesse! ta beauté
qui rayonne en toute la Provence fait belles nos filles et
nos gars sains; sous cette chair brune, ô Vénus! il y a
ton sang, toujours vif, toujours chaud. Et nos vierges
alertes, voilà pourquoi elles s'en vont la poitrine décou-
verte; et nos gais jouvenceaux, voilà pourquoi ils sont
forts aux luttes de l'amour, des taureaux et de la mort,
et voilà pourquoi je t'aime, — et ta beauté m'ensorcelle,
— et pourquoi, moi chrétien, je te chante, ô grande
païenne!

> *O douço Venus d'Arle! O fado de jouvènço!*
> *Ta bèuta que clarejo en touto la Prouvènço,*
> *Fai bello nòsti fiho e nòsti drole san;*

Souto aquelo car bruno, o Venus! i'a toun sang,
Sèmpre vièu, sèmpre caud. E nòsti chato alerto,
Vaqui perqué s'envan la peitrino duberto;
E nòsti gai jouvènt, vaqui perqué soun fort
I lucho de l'amour, di brau e de la mort;
E vaqui perqué t'ame, — et ta bèuta m'engano, —
E perqué, ièu crestian, te cante, o grand pagano!

Imaginez le poète déclamant, un beau soir, cette ode dans la prestigieuse sonorité de son idiome, sur les ruines mêmes d'où surgit jadis la Vénus, entre les deux colonnes de marbre encore debout sur le *podium* du théâtre grec d'Arles, à la rouge lueur d'une *pégoulade* d'après l'antique, devant la foule muette, tel que Mistral nous le montrait un jour, chez lui, dans une gravure de M. Maurou qui fixa le souvenir de la fête, et vous comprendrez le pieux enthousiasme des félibres pour la *Vénus d'Arles*.

Nous oserons ne pas le partager tout entier; à la fin près, la pièce n'est, en somme, qu'un poncif habile, et, Vénus pour Vénus, combien nous préférons, pour la sincérité de l'accent, en dépit ou à cause même de son âpreté, cette *Vénus d'Avignon* qui ouvre le recueil et qui a pour refrain : « Ne passe plus, car tu me fais mourir, ou laisse-moi te dévorer de baisers! »

Passes plus, que me fas mouri,
O laisso-me te dévouri
       De poutouno!

Écoutez ces traits de passion sensuelle, tour
à tour pâmée et chantante, irritée et grondante :

Vagabonde, sa chevelure noire se retrousse en tor-
sades, en boucles ; un velours cramoisi l'attache ; fouetté
du vent, de rouge il tache son visage brun et son cou
nu ; vous diriez du sang de Vénus, ce ruban de la jeune
fille ! Ne passe plus... Oh ! qui m'ôtera la soif de la jeune
fille ? Nul corset ; sa robe, fière et sans plis, moule son
jeune sein, qui ne tremble pas quand elle marche,
mais s'arrondit si ferme, que soudain frémit votre cœur
devant la jeune fille. Ne passe plus... Je ne veux pas, je
ne veux plus t'aimer ! Il m'est odieux de te convoiter,
toi si belle et si maligne. Ne t'en fais pas tant accroire,
Espérido, brin de chair rose et de cheveux bruns, que
pourrait mon poing écraser comme un moustique : Fillette, ne passe plus, car tu me fais mourir, ou laisse-moi
te dévorer de baisers !

Arrage, soun péu negrinèu
S'estroupo à trenello, en anèu
Un velout cremesin l'estaco ;
Fouita dóu vènt, de rouge taco
Sa caro bruno e soun còu nus :
Dirias qu'es lou sang de Venus,
Aquéu riban de la chatouno.

Passes plus...

Oh! quau me levara la set
De la chato?... A ges de courset :
Sa raubo fièro e sèns ple, molo
Soun jouine sen que noun tremolo
Quand marcho, mais s'arredounis
Tant ferme, que subran fernis
Voste cor davans la chatouno.

Passes plus...

Vole pas, vole plus l'ama!
M'es en odi de trelima ·
Per tu tant bello e tant marrido.
Te crèignes pas tant, Espérido,
Bréu de car roso e de péu brun,
Qué poudrié, moun poung, metre en frun,
Coume uno mouissalo! Chatouno,

Passes plus, que me fas mouri,
O laisso-me le devouri
      De poutouno!

Signalons encore un couplet qui rappelle celui de la *Divine Comédie* où l'âme de Sordello « nous laissait aller, dit Dante, regardant seulement comme le lion lorsqu'il se repose » :

Mais tu t'en moques! Tu fais ton chemin, semant troubles et frissons dans la poitrine des jeunes hommes. Tu as tort! Mieux vaut que la chair dorme, comme le lion qui allonge, oublieux de la proie, sa tête horrible sur le sol, ô fillette! — Ne passe plus, car tu me fais mourir, ou laisse-moi te dévorer de baisers!

> *Mai t'enchau bèn! Fus toun camin,*
> *Semenant trebau e fremin*
> *Dins lou pitre di juvenome.*
> *As tort! Vau miès que la car drome,*
> *Coume soumiho lou lioun*
> *Qu'alongo òublidant lou taioun,*
> *Soun orro tèsto au sòu, chatouno.*

> *Passes plus, que me fas mouri,*
> *O laisso-me te devouri*
>   *De poutouno!*

Elle ne dort pas, la chair, dans *le Bal (lou Bal)*, qui est, à notre goût, en dépit de l'influence sensible des *Fleurs du mal*, la pièce d'Aubanel la plus caractéristique de sa vraie manière, de sa sobriété vigoureuse dans les descriptions, de son amalgame de sensualisme païen et de mortification chrétienne.

Derrière des claies de roseaux secs, sur l'aire rustique dont un tonneau d'arrosage abat la poussière, sous un ciel de braise et sans air, tandis que le sang des veines roule enfiévré, sous le fouet d'un orchestre de village, — qu'accompagne la crécelle des cigales, — et du plaisir qui les guette, les filles tournent enlacées par

les gars. Voyez-les, celle-ci cramoisie, le rire
aux yeux et aux dents; cette autre

Pâle malgré la chaleur, les yeux ouverts sans regar-
der, couchant la tête sur l'épaule de son galant éperdu :

> *Mau-grat la caud uno autre palo,*
> *Lis iue dubert sèns regarda,*
> *Coucho la tèsto sus l'espalo*
> *De soun calignaire enfada.*

Et voici la jouvencelle peureuse qui donne juste le
bout des doigts à son meneur, et l'amoureuse passant
la main aux nuques brunes.

> *Veici la chatoune paurouso*
> *Que baio just lou bout di det*
> *A soun menaire, e l'amourouso*
> *Passant la man au brun coutet...*

Cependant,

Le diable rit dans la broussaille, et la musique de
ronfler! Comme des toiles d'araignée le diable tend ses
filets. — Viennent les fillettes mal coiffées voir comment
les autres font : Pitié! leur corsage bâille; trop courte
est leur robe d'enfant! —Aussi souple que l'osier noir,
l'une danse d'un biais hardi; sa gorge fière sur la poitrine de son galant a rebondi. — C'est un ardent pêle-
mêle : toute main cherche une autre main. Le diable rit
dans la haie sèche; femmes, vous geindrez demain. —
Au vent d'une moresque folle, les robes font le remous...

la gorge fait le va-et-vient dans le corset jeune et trop
plein. — Hé! la brune, où vas-tu seulette? Elle s'est
coulée le long de la chènaie tout effarée et frémissante...
Le diable rit dans les roseaux. — L'amour crie, la chair
hurle: nous danserons de plus belle à la nuit. — Le bal
finit ; cette fille lasse, vois-la qui s'en retourne à la
maison, dolente, morne, tète basse et suant le péché
mortel... — Dans la campagne qu'illumine du couchant
l'immense rougeur, en chantant un jouvenceau che-
mine... Le diable rit dans le lointain.

> *Lou diable ris dins la baragno,*
> *E la musico de rounfla!...*
> *Coume de talo d'esturagno*
> *Lou diable espandis si fielu...*
>
> *Ven li drouleto mau couifado*
> *Vèire coume lis autro fan :*
> *Pieta! lou coursage estré bado,*
> *Trop courto es la raubo d'enfant!*
>
> *Autant souplo que l'amarino,*
> *Une danso, d'un biais ardit;*
> *Si fièr teté sus la peitrino*
> *De soun fringaire an reboundi.*
>
> *Es uno ardente mescladisso :*
> *Touto man quisto uno autro man.*
> *Lou diable ris dins la sebisso :*
> *Femo, gingoularés deman!*
>
> *Au vanc d'uno mouresco folo,*
> *Li raubo fan lou remoulin...*

... Lou sen fai lou mounto-davalo
Dins lou boumbet jouine e trop plen.

Hóu! la bruno, ounte vas souleto?
A fusa long de l'aglaniё
Touto esglariado e tremouleto...
Lou diable ris dins lou canié...

... L'amour crido la car idoulo :
Dansaran de plus bello à-niue...

Lou bal finis; la chato lasso
Vès-la que s'entourno à l'oustau,
Doulento, nèco, testo basso
E susant lou pécat mourtau...

Dins lou campèstro qu'alumino
Dóu tremount l'immènso roujour,
En cantant un jouvènt camino...
Lou diable ris dins la liunchour.

Mais trêve de citations : aussi bien, dans une
traduction, sans les séductions de la musique
native de cette langue provençale si expressive
et si agile sur toute la gamme de la passion sensuelle ou des sentiments menus, comment ne
pas trahir le poète? Nous renverrons donc directement les lecteurs désireux de humer cette
capiteuse poésie, à ces sonnets artistement ci-
selés, à ces piécettes ramassées et vigoureuses,

qui ont pour titre : *La Sereno; En Arle; Patimen; Sus un tablèu dòu Procacino; Palinello; Li Noço de Mistrau; La Messo de Mort; La Crous; Li dous Printems; Lis Estello; Uno Veniciano; Bèumouno,* etc.

Ce sont là les vraies filles d'Avignon; en revanche, nous leur conseillons de passer vite sur d'autres poésies d'Aubanel qui sont filles de Paris, et sur lesquelles s'égare naturellement l'admiration naïve de braves gens qui riment en *oc,* au fond des provinces. Nous voulons parler des compositions — de plus longue haleine en général — où Aubanel, sous l'influence des cénacles parisiens qu'il fréquentait, dans le dernier tiers de sa vie, eut le grand tort de vouloir rivaliser avec certains poètes contre lesquels son bon sens avait pourtant protesté en ces termes, aux premières rencontres : « Leurs thèses ne sont pas du tout amusantes et leur poésie est diantrement dans les nuages. »

Il lui est arrivé en effet d'abuser de la souplesse de son provençal et de la facilité de celui-ci à recevoir l'aumône, pour le disloquer, suivant la pire mode du Parnasse, et l'encombrer de vocables ambitieux. On s'en convaincra en lisant par exemple *Li Fabre* ou *Noço de Jio.*

C'est là qu'Aubanel fait vraiment des vers latins, au mauvais sens du mot. Passe encore pour *Luno pleno* où la lune s'appelle encore la lune et non *Fébè,* comme ailleurs, chez lui, hélas!

Mais on retrouvera l'Aubanel du *Bal* et de la *Vénus d'Avignon* dans le drame du *Pain du Péché* (*lou Pan dóu pecat*). A côté de vingt endroits où l'on entend le poète lyrique, à la place de ses personnages, combien d'autres où la passion parle toute pure! C'est une scène d'une belle couleur, que celle du puits où les mains de l'amoureuse Fanette et du pâtre Véranet s'emmêlent sur la corde du seau, comme celles de Vincent et de Mireille parmi les feuilles de mûrier! Elle nous semble originale encore, même après *Phèdre,* et combien caractéristique du talent d'Aubanel! la scène de la déclaration d'amour au deuxième acte, avec son hardi dénouement, *oaristys* tout antique dont le réalisme a fait reculer jadis l'adroit traducteur et le Théâtre Libre! Le dialogue entre les deux adultères et l'hôtesse qui devine leur faute, rien qu'à les voir rudoyer le petit de l'auberge; l'entrée du mari trahi apportant à ses enfants qu'il traite de bâtards le pain du péché qui tue; le délire de cette Phèdre de Camargue qui, avant de se frapper à mort, et, tout en demandant pitié à son mari, pour son crime, ne peut s'empêcher de déclarer, tant Vénus est attachée à sa proie :

« Vous auriez pitié de moi... S'il était ici, le jouvenceau, je ne pourrais me sevrer de ses baisers ardents. »

Auriés piéta de iéu!.. S'éro eici, lou jouvènt,
Noun pourriéu me sebra de si poutoun ardènt;

et jusqu'à la brutale inclémence du paysan qui s'écrie devant le cadavre tiède de sa femme coupable :

« Morte comme un damné, comme un chien enterrée. Ah ! le pain du péché est amer, camarades ! »

Morto coume un danna, coume un chin entarrado;
Ah! lou pan dóu pecat es amar, cambarado!

nous paraissent des beautés un peu sauvages, mais neuves et poignantes.

Certes il y a bien des gaucheries et des naïvetés de conduite, et aussi des erreurs de ton, dans le *Pain du Péché;* et cette paysannerie tragique est assez loin de *la pièce bien faite,* témoin le vaste remaniement et les coupures qu'a dû lui faire subir M. Paul Arène, pour l'approcher de la rampe. Mais quelques dialogues, des traits de caractère et de pathétique, d'une brusquerie élo-

quente, surtout si on les rapproche de certaines
pièces de vers de notre poète à allures de mimes :
la Faim, par exemple, et les *Tireuses de soie,* ou
encore les *Innocents,* le *Neuf Thermidor,* la
Sirène, prouvent qu'il avait vraiment le tempérament dramatique. Ils donnent à penser qu'il eût
acquis le sens de la scène et que, peut-être, s'il
s'y fût adonné, il eût enfin doté la poésie provençale de ce théâtre qu'elle attend encore, et
auquel son génie, essentiellement lyrique ou
conteur, a toujours été rebelle, depuis le drame
liturgique bilingue des *Vierges sages et des
Vierges folles,* du xie siècle, jusqu'à la pasto-
rale jouée jadis devant Louis XV, où le joli ca-
quet provençal de Daphnis et d'Alcimadure
faisait regretter à Grimm que tous les Français
ne parlassent pas la langue d'oc.

Concluons. M. Alphonse Daudet a écrit à
propos du *Pain du Péché,* — et la bienveillance
marquée de cette citation servira de correctif à
son épigramme, bien anodine d'ailleurs, sur les
vers latins d'Aubanel : — « Moins épique et
moins haut que Mistral, ce grand Frédéric Mistral, que le navire de Virgile, toujours visible à
l'horizon bleu des mers latines, semble avoir dé-

barqué sur le rivage provençal, moins « peuple »
et moins naïf que Roumanille, l'auteur de la
Grenade entr'ouverte possède la passion qui leur
manque à tous deux » ; puis sur la tombe de
son ami il s'écriait : « Grand poète, certes :
passion, couleur, fantaisie, et que notre beau
Rhône de Provence pleurera comme les fées
du Rhin ont pleuré Henri Heine. »

Ce rapprochement entre Aubanel et Henri
Heine, devenu familier à certains commentateurs d'Aubanel, ne nous satisfait qu'à moitié.
Entre le paganisme intermittent, les fantaisies
et les formes dialoguées de l'*Intermezzo* d'une
part, et de l'autre quelques pièces de la *Mióugrano* ou des *Fiho d'Avignoun*, nous percevons
bien quelques rapprochements possibles, mais
entre les deux poètes nous voyons surtout une
différence essentielle. Marquons-la sur le même
mode symbolique. Dans une légende de Heine,
la mère d'un jeune homme qui se meurt d'amour
l'envoie faire ses dévotions et porter un cœur
de cire à la Vierge de Kevlaar, et la Vierge, pour
guérir le jeune homme, lui met la main sur
son cœur malade pendant qu'il sommeille, et le
jeune homme ne se réveille plus ; et c'est ainsi
que dans l'ironique Heine il y avait un poète

amoureux, mort jeune. Or Aubanel, lui aussi,
a fait ses dévotions à la Vierge, à cette *Notre-
Dame d'Afrique* à laquelle il dédie sa *Grenade
entr'ouverte*, et la Vierge a touché son cœur, et
ce cœur, au lieu de se glacer, n'en a battu que
plus fort pour l'amour et pour la beauté.

Mais qu'on ne crie pas ici au scandale, comme
on l'a fait quelquefois de son vivant, et tout autour de lui ! En cela Aubanel était bien de sa race
et pouvait se réclamer d'illustres devanciers. On
peut sourire si l'on veut de cette filiation légendaire qui le rattachait par la famille de sa mère,
les Seyssaud, au capitaine grec Seyssalis, venu
en Avignon du temps de Barberousse, grand
massacreur de Turcs, ardent ravisseur de Sar-
rasines : « De là vient, s'écrie Aubanel dans le
sonnet qui ouvre les *Filles d'Avignon*, — comme
une excuse du reste, — que parfois de sang
mon vers est rouge ; de lui je tire mon amour
des femmes et du soleil. »

> *D'aqui vèn que, pèr fes, de sang moun vers es rouge :
> Tire d'éu moun amour di fémo e dóu soulèu.*

De lui, soit, c'est-à-dire de sa descendance
gréco-ligure, et aussi et surtout de l'innom-
brable lignée des élégiaques chrétiens qui ont

fait communier leur poésie dans un même culte mystique de la Sainte Vierge et de la dame de leurs pensées.

Ne se ressemblent-ils pas entre eux, en effet, ces innombrables dévots en vers de la Vierge et de la femme, à travers les différences d'accent des langues néo-latines, depuis le premier en date des poètes italiens, l'amoureux *Ciullo d'Alcamo* « portant dans son sein l'Évangile, ma chère ! » jusqu'à tant de fougueux et dévots Espagnols, tels que ce Boscan dont les hymnes à sa maîtresse ont été métamorphosés en chants d'église, en passant par Dante qui confond dans une même apothéose Béatrix et la théologie, et par Pétrarque dont le nom dit tout en cette matière, et aussi par ces troubadours, leurs maîtres à tous, dont on ne sait trop si leurs aubades s'adressent à la Vierge ou à leur maîtresse, si bien que la *clémence* de Marie, objet de leur culte, a fini par engendrer et faire vivre pour la postérité le personnage légendaire de la belle *Clémence* Isaure, en vertu d'un calembour mystique qui vaut ici toute une dissertation*.

---

* Voir en effet l'article *Clémence Isaure*, dans la *Grande Encyclopédie*, par M. A. Thomas, un *provençalisant*, dont le goût vaut le savoir, comme il en est enfin plus d'un dans notre haut enseignement, d'Aix à Montpellier, et de Bordeaux à Toulouse, en passant par le Collège de France, bien entendu, et depuis longtemps.

Nous avons indiqué d'ailleurs que, sans igno-
rer cette descendance, Aubanel puisait directement ses meilleures inspirations dans les ardeurs
de son tempérament et aussi dans son humanité
chrétienne, dans les paysages et les mœurs du
si pittoresque coin de terre, fertile en poètes,
où un heureux hasard l'avait fait naître.

Quant à sa forme, elle est bien à lui. Il a
manié avec une virtuosité réelle l'instrument
qu'il s'était forgé,

Son beau style étoilé de fraîches métaphores,

pour lui appliquer les vers de Victor Hugo sur
son modèle favori Pétrarque. Il a su d'ailleurs
résister au danger de la banalité inhérente à l'emploi libre du provençal comme langue poétique,
dont se plaignait déjà le troubadour Arnaud
Daniel, au temps jadis, et qui tient surtout à sa
richesse en rimes et en variantes dialectales, à
sa fertilité dans le *provignement* des mots, et
aussi à sa complaisance grammaticale, du moins
jusqu'aujourd'hui. Comme Jasmin qui a mérité de ce chef les éloges de Sainte-Beuve,
il a senti ce qu'il appelle « le difficile, le déses-
pérant parfois » de la composition. En somme

il a su se borner, ce qui est un mérite partout, mais surtout au Midi.

L'auteur de la *Grenade entr'ouverte (la Mióugrano entre-duberto)*, des *Filles d'Avignon (li Fiho d'Avignoun)* et du *Pain du Péché (lou Pan dóu pecat)**, a donc fait œuvre de poète, d'homme de cœur et de goût. Ses trois petits volumes ont une place marquée dans les bibliothèques des délicats, sur le rayon des poètes adroits à faire des miniatures de la nature et de l'idéal, en qui frémit un sentiment sincère de l'amour et de la mort, c'est-à-dire à la suite de l'*Anthologie* de Méléagre et des *Élégiaques* romains, dans le voisinage du *Canzoniere* de Pétrarque et de l'*Ottava Rima* de Boscan, et, si l'on veut, de l'*Intermezzo* de Henri Heine.

Et maintenant, allez en Avignon, *à l'entrée du temps clair (a l'entrada del tems clar, eya!)*, comme dit la vieille ballade provençale : là, dans un *canié* de la Barthelasse, la Délos du félibrige, au chant du Rhône et de son vent, — du *Rose* et du *Rousau*, — relisez le deuxième

---

* Montpellier, Hamelin, 1882 (texte provençal) ; Paris, Lemerre (traduction en vers par Paul Arène).

chant de *Mireille;* puis faites-vous déclamer
par quelque félibre diseur juste et discret,
M. Félix Gras par exemple, des morceaux choisis du *Livre de l'Amour* ou la *Vénus d'Avignon :*
alors vous vous sentirez tout prêt à accorder,
dans cette patrie des métaphores, que le vaisseau classique qui portait Virgile, ce vaisseau
« toujours visible à l'horizon des mers latines »,
d'après la poétique image de M. Alphonse
Daudet, a le même jour débarqué Properce
avec Virgile au pied du rocher des Doms.

Le tout est à l'honneur de l'esprit français
qui est peut-être, en somme, et selon le mot
de Villemain, assez riche pour avoir deux litté-
ratures, et qui, en tout cas, ne peut que gagner
en saveur et en variété, sans rien perdre de son
unité foncière, à cette expérience innocente et
très distinguée de décentralisation littéraire.

INDEX

INDEX

TABLE

TABLE

—

DEUXIÈME PARTIE

LA POÉSIE PROVENÇALE ET AUBANEL

Paris. — Imp. A. LEMERRE, 25, rue des Grands-Augustins.   2.-2264

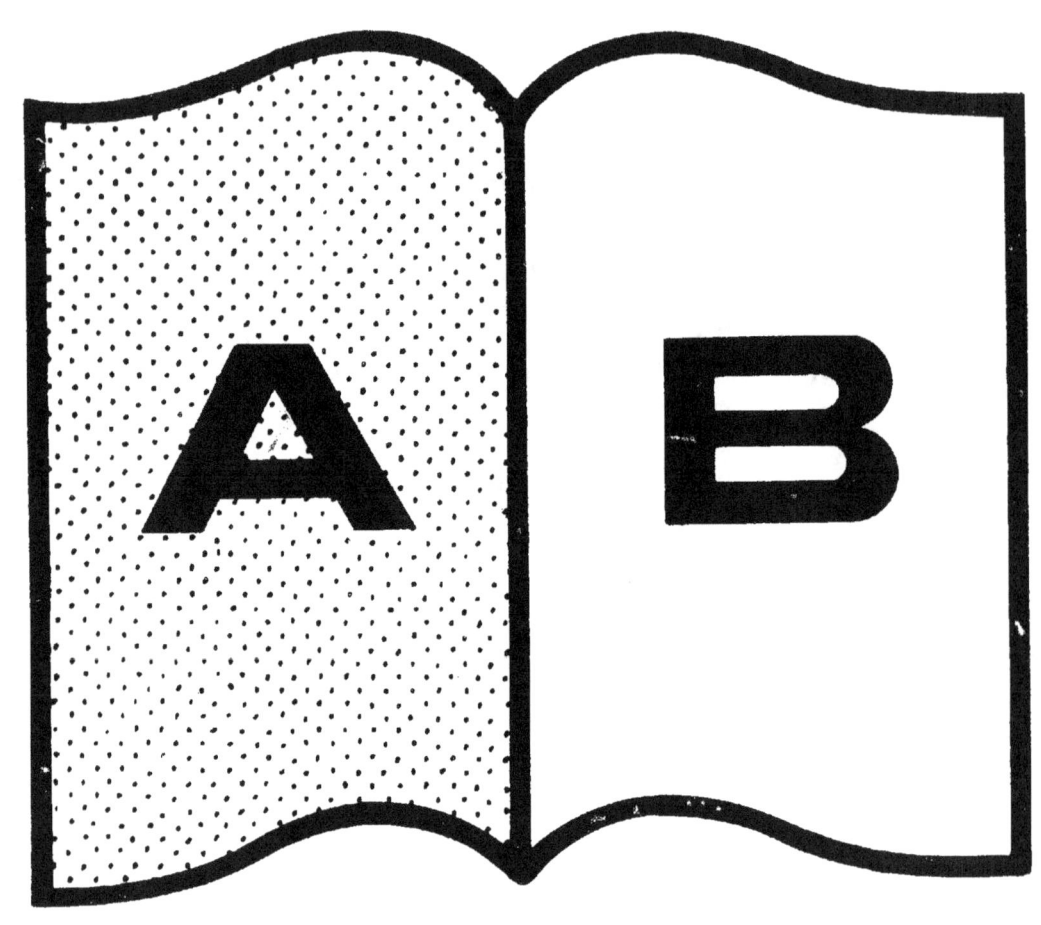

Contraste insuffisant

NF Z 43-120-14

www.ingramcontent.com/pod-product-compliance
Lightning Source LLC
Chambersburg PA
CBHW051550280626
47162CB00021B/1670